我会被当成老笨蛋

Je vais passer pour un vieux con

Philippe Delerm

Ma grand-mère avait les mêmes

[法国] 菲利普·德莱姆 著 郭昌京 译

人民文学出版社
PEOPLE'S LITERATURE PUBLISHING HOUSE

著作权合同登记号　图字 01-2016-4662

图书在版编目(CIP)数据

我会被当成老笨蛋 /(法) 菲利普·德莱姆著;郭昌京译. —北京:人民文学出版社,2016
ISBN 978-7-02-011826-7

Ⅰ. ①我… Ⅱ. ①菲… ②郭… Ⅲ. ①散文集-法国-现代 Ⅳ. ①I565.65

中国版本图书馆 CIP 数据核字(2016)第 152820 号

责任编辑　**甘　慧　潘丽萍**
封面设计　**汪佳诗**
封面绘图　**马岱姝**

出版发行　**人民文学出版社**
社　　址　**北京市朝内大街 166 号**
邮政编码　**100705**
网　　址　**http://www.rw-cn.com**

印　　制　**山东德州新华印务有限责任公司**
经　　销　**全国新华书店等**

开　　本　**787 毫米×1092 毫米　1/32**
印　　张　**5.25　插页　2**
字　　数　**75 千字**
版　　次　**2016 年 10 月北京第 1 版**
印　　次　**2016 年 10 月第 1 次印刷**

书　　号　**978-7-02-011826-7**
定　　价　**25.00 元**

目录

我祖母有过一模一样的

——微言下诱人的隐情

我会被当成老笨蛋

——以及其他蕴含深意的微言

我祖母有过一模一样的

——微言下诱人的隐情

我祖母有过一模一样的

他们并不迷恋旧货市场。那里只是他们某个周日下午散步的目的地。他们背着手闲逛，满意市场的出乎意料的规模，这免去他们寻找其他的消遣；满意温和的天气，满意没有下雨。他们没什么要买的，也许会买本一欧元的书，买张他们很喜欢的歌手的唱片。

他们犹豫是不是问问一对扶手椅、一套银餐具、一对饰有黑白漫画的盘子的价格。然而他们凑近斗胆砍价的人，支起耳朵，转头，嘴角现出难以捉摸的微笑。他们避开几步，通报开出的价格，于是其中的一位说：

“我祖母有过一模一样的！”

此言一出就像批评以天价出售物品的这个骗人的市场。毕竟，他们见到任人摆布的傻瓜！

然而他们所受到的刺激属于多个阶段。提到祖母的同时，他们强调这些盘子并不古老。这些盘子曾是他们的生活的一部分，怎么能被称作真古董呢？同时，我们感觉到他们内心的一丝懊恼。我卖房子的时候，亲手处理了全套餐具，那么，那总会值点儿钱吧？他们讨厌古物，更讨厌旧物。可是他们认为自己在生活艺术方面持有正确的观念。也正是他们在废弃的一件器具前，卖弄地向孩子解释：

“掀开小盖，放进花椒粒，把研磨器夹在双膝间，转动摇柄，花椒粉就落进下面的小抽屉。”

他们为这段记忆骄傲，这把他们和过去的一段真实而简朴的生活联系起来。他们让人看到研磨器的精巧，尽管简单，他们几乎为此感动。然而瞬间彰显的得意并没有阻碍他们抛弃一切，清空，扫净，且什么都不留。他们看过去的目光兼有敬仰与鄙视。这没什么，我祖母有过一模一样的。

他重新开始他的生活了

是因为涉及再也见不到的什么人吗？也许吧。然而似乎一种内在的忧郁附着在这句话上。他重新开始他的生活了。因为离异，但更多是因为丧事。犹如在这句老套的话之外，人们流露出些许责备，这种责备更多的是针对表达方式本身，而非针对当事人。人可以重新开始他的生活。一个奇怪的矛盾让主有形容词“他的”和动词“重新开始”对立起来。人都有一种生活，然而人是这独一无二的生活的拥有者。在多大程度上呢？无视自己的前一部分生存，抛弃过去，却又延续同一个生活可能吗？

这句话也可以用于不幸的童年、不得不离开的家园、各种痛苦的变故，人们试图抹去，至少淡忘的记忆的方方面面。

但奇怪的是，“他重新开始他的生活了”只用于提示性伴侣的替换。这是两口子的问题。遇到另一个人，与另一个人共同生活导致不忠，无论什么情况。不是费多①式的，萨冈②式的悲喜剧般的不忠，因为是在同时性中体验的不忠，也因为现在总是混合着喜剧和悲剧。不是违背婚约。

按照资产阶级的道德观更应该被原谅，也更不可挽回的一种不忠，它以隐隐的不和让周围、记忆、友谊蒙上灰色，有时在同一屋檐下、同一公寓中，且这无疑更糟。可以欺骗一个女人、一个男人。但是对自己的生活不忠是怎样的呢？

① 费多（1862—1921），法国戏剧家、闹剧作家。

② 萨冈（1935—2004），法国小说家。

多了点，就这样吧？

有时，只说“多了点”，可是即便如此，“就这样吧？”也蕴含其中，并包含疑问句句尾的升调。商贩站在自己的秤前，目光盯着秤上的屏幕，双手摊开，就像奉献祭品时的司祭，坦诚而专注。他努力一丝不苟地满足您的愿望；在欢声笑语间，他的认真已经变得有些做作。在他面前扮演较真儿的人可不容易，不行，我说过要一斤，我不愿意多要。当然，我们可以加强客气的语气以弥补话语的严厉，麻烦您给去掉一点。可是我们清楚这种情况。我们难以启齿。不管怎样，我们会沦为讨人嫌的角色，且您到这地方来寻求市场的天真善良的热情、人际关系的淳朴太不合适了。因为您拎着布口袋或篮子，而非推着购物车。您没有大步走在对称的货架间；您在悠然自得、面带微笑地闲逛。您不用自己动手装难以打开的塑料袋。您需要一个主祭；你们之间保持的关系的性质是您盛赞——

我嘛，我喜欢逛小市场——的这种衰落的、真实的商业要素。

于是要听之任之，当然，甚至更甚。通过您的姿态表现出您不怀疑商贩的不诚实，即便您把刻薄的不合时宜的想法藏在心里：很奇怪，从来没有少的时候，他从称扁豆起，应该就开始玩猫腻了，五欧元一公斤，他不傻。

但是他的目光离开了秤。为了延长他那表示尊重的询问，他盯住您的眼睛。您假装从这盯视中读出菜农的纯真，而不是商贩的狡诈。顾客们在您身边等候，您很清楚大家期待什么。这是装土豪的时候，带着您自认为挽回了面子的一丝保留：我并没有上当，只不过我清楚自己的角色罢了。会心地撇撇嘴，表示同意地点点头和眨眨眼。“行吧。”

大家别忘了关上手机

剧院经理有他要扮演的小角色。不是最容易的角色。当大厅的灯尚未熄灭，众多观众正在就座的时候，他出现了。享受不到任何音响设备，任何观众的期待。作为演出的老手，他知道若想让来宾的叽叽喳喳转化为有礼貌的安静，一定不能拼命提高嗓门，最好采用自然而轻松的姿态，一只手插在兜里。他上来说说随后的节目，但主要是向常客和临时客宣传演出季的其他节目，从华沙四重奏到去年在莫里哀戏剧节上获奖的年轻小丑的独角戏，当然要强调订票数量有限。这一切不应该让人感觉到是做广告，而是丰富多彩的文化活动的反映。

同时，大家很清楚。现代科技要把一句名言强加给人们，几年前人们还认为可以忍受，但是重复让它成了陈词滥调。敦厚理智的经理曾与不少明星频繁交往——他对弗朗索瓦·莫雷直呼其名——在演出生涯即将结束之际扮演狭隘的宣教者会有失威望。这很可怕，因为在要求假定开化的观众做他们必定要做的事情时，人们可能担心像个傻瓜，或者反动派。

但是经理足智多谋，也知道如何化解老套的噩梦。他在演说结束时明显地停顿了一下。他要将庸俗的限制变成获胜的手段，几乎变成一个包袱：

“离开剧场之前，大家别忘了重新打开手机！”

我本人很喜欢

转瞬之间，泛起众口一词的否定之声。获得媒体全方位报道，好评如潮的这部电影——或这张唱片，或这个展览，或这本书——顿时成了喝开胃酒时的谈资。话题发起者得到了出乎意料的附和。喝着第二杯佳富酒[1]，吃着生花椰菜，“没什么价值！难以忍受！既空洞又做作！非常同意！完全是过分吹捧！”评论四起。被波尔多红葡萄酒重燃的热烈气氛发展成倾泻愤怒的潮水：“真高兴听到这样的话！”随后，大潮不知不觉地退去，人们更多地把注意力集中到聚会上：“这个发型很适合你，玛蒂尔德的实习怎么样？”

就在这个时候，格外响亮的嗓音选择了一个安静的瞬间发起猛击：“我本人很喜欢！”判断此次出言不逊的严重程度需要一段潜伏期。无畏地说出一下子

① 用法国季龙德地区沙砾地出产的葡萄酿制的酒。

脱离了知性的范畴，跃入情感核心的话并不容易。因为刚刚说出这话的人不是惯于唱反调的人，不是偏执的分裂狂。那样，人们可以用“你啊，无论如何，你一向与大家对着干！”来脱身。不是，反倒是人们原本就期待表示同意的审慎，甚至默许的那个他（她）。一个小小的询问笼罩着在座的人。从眼神中可以辩读未说出口的话：你这么说是要表现一种个性。你现在有毛病。或者，你真是这么想的吗？答复考虑到这些隐言的直白，带着一种激动的决心，目光直视前方，盯着装胡萝卜和花椰菜的器皿。“不不，我真的很喜欢！”

其他人轻轻摇头，态度暧昧地撇撇嘴。一句“你不能这样说！”将会无益地加剧紧张，大家很清楚。此时人们有些防备这种微妙的立场。统合主义变成勇气，转瞬间，言行得体变成独特，而聚会的所有阻力只是些易怒的人。人们很快将坐到餐桌前！

难在晚上

“白天，还好。”回到单身的或者刚刚经历了丧事的人的这种谦恭是适宜的。她承认买东西、做园艺、听收音机播放的早间新闻、聊天，这些排解的事情随着白天而至。如果她仍在工作，帕斯卡式的消遣不请自来，尤其是在这种时候，可不能开玩笑。

她还没有恢复，且同样波及我们。怎么回应抽泣，回应戏剧性地表达程度强到把我们排除在外的痛苦呢？然而这句“白天，还好”，就像是她通过缩小范围，通过减少差异任我们深入了解她的悲伤。是的，她的脸上还经常现出笑容：“嘿，那天我看了模仿秀，您知道，新的。”

可是，还有留在完整剖析中的省略号。有以同样温柔的语气说出的第二句话：“难在晚上。”对痛苦的这个委婉的评价让人心碎！这个人同你谈话，而突然，她像在自言自语——另外，她的目光移开了，以寻找追寻一片天地的理由。

我们觉得她认为夜晚合乎常情，而白天只是蒙骗所有人的一堆托辞。因为就是这样，因为应该这样。这种交替还将存在多长时间？她显得高兴，她不缠人。我们可以陪她继续走一段，说些鸡毛蒜皮的事；她非常自然，以至于我们最终甚至打探她的悲伤。她停了一会儿，以便最精准地描述。一瞬间我们分担了痛苦。她不再自我封闭。但是我们不会夜晚跟着她。这是难处所在。

我那时想看看是什么

这既可能是《卡特琳娜的性生活》[1]，也可能是《达·芬奇密码》或者《哈利·波特》，电视里播的《阁楼故事》[2]或者《欲望岛》[3]，甚至在极端的情况下，塞巴斯蒂安·科埃[4]的一档节目。

动机各异，不言而喻。但是说法——“我那时想看看是什么”——相同。这句话在某些情况下可以被看做是为一时意志薄弱，或者极度疲劳，以需要彻底放松为由的偷窥欲所做的辩解。

并非这样简单。这些“为了看看是什么”而看了的人，和断言不可能对“此”感兴趣的人是完全相同

---

① 法国艺术评论人、策展人、当代艺术领域的核心人物卡特琳娜·米勒撰写的一部纪实作品。该书被译成三十三种文字，发行七十万册。

② 法国 M6 电视台从荷兰引进的一档电视真人秀节目。

③ 法国 TF1 电视台播出的一档电视真人秀节目。

④ 法国电视台和电台的主持人、制片人。

的道德家。首先他们看了，他们读了，暗示自己具有一种不会被污染的心理结构。在他们彰显的诚实中隐藏了诸多指责。至少，他们没有说偶然撞上了这个节目。他们不批评他们没有读过的书。他们不以一种屈尊的姿态排斥令善良的百姓着迷的东西。

但是他们的优越性鲜明地表现在他们有能力提交一份针对蹩脚货的极其详尽的分析。有时，他们甚至提出“毕竟，干得漂亮”，这句话很能说明他们的精神的独立性——或许也很能说明他们用少许时髦哗众取宠的欲望。

然而不要指责他们。我们近乎厚颜无耻呢？还是近乎清醒客观呢？试想有多少人为了看看是什么而读过《刺猬的优雅》[①]或者《第一口啤酒》[②]？

---

① 法国女作家妙莉叶·芭贝里的小说。

② 本书作者的另一部散文集。

首先，感谢接受我的提问

这是众多广播节目中的一个，在这些节目中被巧妙筛选过的听众，被看做表达民意的自由。在“首先，感谢接受我的提问”中，这个“首先”耐人寻味。是婉转的措辞吗？其实，随后的事情将证明人们可以很容易地用“重要的是……”替换它。因为即使双方力量悬殊——一方，一次伪装公开的约会，其中的听众充当言行得体的担保人，另一方，渴望首先占据无线电广播的发言者——双方都是反常的。

“我现在接通总机，因为里昂的斯特法恩打来了电话。”里昂的斯特法恩或者斯特拉斯堡的弗朗索瓦丝对于辩论的主持人来说，是证明电台的地理覆盖范围的标签——甚至是逃脱巴黎中心主义的愿望。但是斯特法恩和弗朗索瓦丝对他们自己来说就是斯特法恩和弗朗索瓦丝。他们说“首先”。他们在几乎俯首帖耳的奉承中说“感谢”。他们说“接受我的提问”，其实，提问没有被接受。提问仅有的价值在于它是节目准备优先考虑的提问。最糟糕的是斯特法恩或者弗朗索瓦丝经常加上一句“谢谢您的节目的品质”，这是主持人用一句讨人喜欢的“提您的问题吧，斯特法恩”假意规避的——过多交换多余的客套话有可能失去关系的真实性。

但是斯特法恩真的有要提的问题吗？自打他陶醉地对全法国说话起，他就投入了一个冗长的证词，这显然脱离了最初的计划。他的嗓音越坚定，人家就越感到是在播音室，在巴黎，人们不耐烦。主持人从克制的感谢转为明显的恼火：

“我们有许多电话，允许我请您提您的问题吗？”

斯特法恩一度几乎不存在了。他又变回里昂的斯特法恩，一个显然更可以被操控的电子讯号。生气的、如释重负的主持人用一句半真半假的“谢谢，无论如何”脱身。

首先。无论如何。谁还会坚持认为这些副词毫不善于表达呢？

俺在高原上零下八度

买棍子面包时，每个人都对冬将军发表些看法。它悄然来到拉费里耶尔[①]的山坡上；柳塘结冰了……大家一致认为零下四五度在十一月中旬相当罕见。但是，突然，讨论带有了明显的竞争特点。话语干脆利落："俺在高原上零下八度。"

于是，就是钦佩。敬重。短暂的寂静笼罩在场的人们。大家只听到面包店老板娘的声音："四十个，五欧元，谢谢。"当然啦，零下八度似乎很夸张，可那是"在高原上"。用省略元音的诺曼底方言说出的这四个紧密交错的字形成一个独有的概念，面对它，只能鞠躬致敬。只要爬上讷布尔[②]山坡，就是另一个世界。那上面，生活更严酷，更艰苦。也许更真实。总之，不像我们这儿山谷的平庸世界那样闭门不出。我们怎

① 位于上诺曼底大区厄尔省。
② 位于上诺曼底大区厄尔省。

么能自以为在我们虚弱的庇护所里有真实的感受呢？

高原是狂风呼号的高地。如果这块荒蛮之地的居民来镇上买大面包，实际上并非是因为食品所需，而是要证实他们的体质足以禁得住的大自然威力的强度。

若提醒他们，在上面，在高原的人类宜居地的边缘，他们生活在配备了对现代生活负有责任的各种便利设施的独栋住宅中，像是太小气了。这会是我们一方的纯粹的嫉妒，因为我们很清楚，冬季立即使他们进入让我们变得可笑的冰河期。低三度：我们这儿是些深居简出的人，而他们那儿是开拓者。谁知道他们有没有赶着狗，蜷缩在狼皮袄里回到上面？在上边，暴风雪将在甜菜地和勒克莱尔超级市场之间的荒原上呼啸。那里无事可干。如果我们这里零下十度，他们将非常高兴地宣布他们那边零下十三度。他们更强壮，在高原上。

毕竟，我们没有赶您啊

我们如约，将近下午三时到了老朋友的家。我们说好了一起聊聊。他们的确在家，坐在胡桃树下的桌子前，但是一个陌生人和他们一起在喝咖啡。我们以为随着时间的推移，在这类交往中已经游刃有余，然而我们无能为力。原来的言谈举止的不拘礼节，全都不一样了。我们不知不觉地有种演戏的感觉，游刃有余，当然，可是与通常的交往的柔美完全不是一码事。我们出现了，人家不拘礼节地介绍我们，我们隐约知道这个朱莉是谁，我们知道她应该大约知道我们是谁。

我们还是觉得我们葬送了已经开始的谈话，我们说的话，也不是我们要说的话，而是为了消除拘束而想出的应景的话。突然有了一种过度的滔滔不绝，就像要驱散对可能出现的冷场的担忧。很快——还不能太快——朱莉将起身告辞。大家已经开始了被一句“其实，苏珊，你可以把你的书借给我”打断的告别，此时我们觉得应该说："毕竟，我们没有赶您走啊。"

这句话引发了一串否认，我必须十六点到牙医那里，我很高兴遇到你们，真应该……

这不是理由。这句貌似有教养的"毕竟我们没有赶您走啊"，对自己轻微的粗鄙颇感得意。当然我们赶她走了，我们瞬间就驱散了我们没有具体理由却愚蠢地嫉妒的一种亲密。大家调整了位置重新落座，我们故伎重施，安心地巩固我们曾认为获得了的一种气氛，然而，我们刚刚体会了这种气氛的脆弱性。或许只有在埃里克·侯麦[①]的电影里，我们才能找回被社会交往的平衡，被持久的和偶遇的巧合筛选出的这些闲暇的细小的戏剧化。我们支配不了他人。我们永远不掌握他人的秘密。不存在处世之道。

---

① 法国著名的电影导演，新浪潮电影的先驱。

我喜欢特鲁维尔[①]胜于多维尔[②]

人们经常用一天时间，用原则上，也是现实中的一次巴黎式的偷闲“逛”这两座城市。然后我们将听到：“我喜欢特鲁维尔胜于多维尔。”该评价的意义不在于分析的性质——真理在图克河[③]此岸，谬误在彼岸。

不，这更确切地说是卖俏的一种表现形式。喜欢特鲁维尔胜于多维尔，是表现一种心灵品质。我对不那么著名、不那么惊人、不那么奢华的东西敏感。简言之：我敏感。按照“喜欢特鲁维尔胜于多维尔”的这些男男女女的说法，后者遭到了一整套隐含的非议。海滨浴场的名气、美国化、虚幻的重要性受到指责。即使不提赛马场、马球的想法，它们潜在的丰饶也将

① 法国卡尔瓦多斯省省会，塞纳河入海口处的城市。

② 法国卡尔瓦多斯省海滨胜地。

③ 全长一百零四公里，在多维尔和特鲁维尔之间注入英吉利海峡。

留下阴影。谁知道海滩本身有没有被暗暗指责没有像其邻居那样朝向炼油厂和勒阿弗尔的火炬呢？

在特鲁维尔小城里，滨海林荫道后面有几条带缓坡的小巷，那里的鱼市洋溢着愉悦的氛围，由于空间不够，露天座就被挤压了，可见追求简朴的用心。可是怎么样呢？一个娱乐场，抬高的价格，为了贱妇的日光浴，不分彼此。

人家在确认“我喜欢特鲁维尔胜于多维尔”时并非指两座城市。人家在说自己。在说对偏爱更简单事物的这一点点文雅的满足。特鲁维尔和多维尔的对比，是二选一的不常见的机会。您不能当真拿普罗旺斯的艾克斯与马赛对比，拿图卢兹与波尔多对比，拿十六世纪与十八世纪对比。人家会立即指责您对比的牵强性。利用特鲁维尔和多维尔，人们在高速公路通达的范围内恰好信手拈来一个机会，以确认他们的讲究、他们对日式园林的品位。我喜欢真实和精巧。我很低调，以致我**即兴地**确认：我喜欢特鲁维尔胜于多维尔。

不是真的!

我们统一口径。此处与接受审问的嫌疑人的平淡且固执的回答无关。

——你持有这套公寓的一把钥匙。是你实施了周五晚上的盗窃。

——不是真的。

不，这涉及感叹式的“不是真的”。可是这样明确还不足以确定使用面。实际上全都取决于重音。

当句子的全部重音落到“真的”上的时候，就不好办了。要审视的频段可能仍然宽泛，从被激化的气恼到被认可的悲剧。否定式针对命运的不公，然而不顾表象，这种否定式与承认的新情况的真实性无关。这甚至是注销否定式的一种方式，它因为强调了一种宿命论而更加残酷：不幸的是，生活的本质自身要对抗事物的使人放心的合理进程。

强调“不是”的感叹更贪婪，更具表面性。它紧跟在两位对话者很了解原委的耸人听闻的消息之后。玛琳离开了朱利安。可是你知道她和谁在一起了吗？和弗朗索瓦。

根据宣布消息者的个性和他与谈话中提到的人的关系，剧情介绍随着悲伤的程度或者压抑不住的含蓄的微笑而调整。但是如果受话者的这句"不是真的"牺牲了"真的"而强调了"不是"，那是因为这个"真的"已经断然离开了同情的平原而登上喜悦的山丘。人们不能再说爱情国地图[①]。这是一个胃口大开的"不是"，它要求细节、轶事。至少有些风流韵事，别吊我的胃口。

我们多多少少地曾与造化甚好的人一起沉湎于政治家、作家、歌手的情感的涟漪。禁得起行内人一起仔细品尝的一道主菜即将端上来。白纸黑字写下的一个等式："**不是**真的！"="我想知道更多"。

① 法国17世纪文学作品《克雷莉》中的爱情国地图。

要凉了

掌厨的女主人或者男主人仍在厨房和餐厅之间奔忙，我忘了调味汁，或者芥末，应该切面包了。在餐桌上，圆馅饼冒着热气。“去吧，自己动手，要凉了！”主人突然招呼沉浸在争论中的，或者想到在主人缺席的情况下盛满自己的盘子而略有迟疑的客人。语气不具威胁性，但是坚定。我们能从中听出几分恼火吗？这是对熟客说的话。人们不会冒昧地催促新近交往的人——除非一下子就赋予他们不拘礼节的特权。

厨房里，搅拌机的噪音变得大了一些，不安增加的迹象。“要凉了！”的第二次出现变得执意。人们听出没有明说的意思：得啦，哪位主持一下，我分不开身，如果你们执意观望，你们会扫兴，也糟蹋了我的全部工作。

于是，在男主人或女主人就座前的片刻，一个人终于决定代劳了。你们也吃点生菜。看似宽容的导演工作还是被无限精准地完成了，命令与服从总是在容忍和殷勤好客的临界点启动。

要凉了。说到底，这是对烹饪的原理本身的一种思考。几个小时的准备为了几分钟的品尝。在餐馆，这种炼丹术消失了，因为它是买来的。可是在密友间，无偿，更难把握。过分强调相当于把价签留在礼物上。但是第一次的“要凉了”只是希望被理解为“你们别管我，我就来”，也听得出要求遵守厨师的礼仪。这是我奉献给你们的时间，是唯一有价值的礼物。别强迫我提醒你们这一点。

真实的或彰显的享用之后，扬起的所有的“太好了”、“香极了”都将传达一丝内疚，只有“你会给我食谱吗？”这种纯粹的方法，将真正消除这种内疚。

这会儿，你知道这个故事了

这是小说、剧本、歌曲中的一种短句。不必是最好的，也不必是最有代表性的。但是这个句子，在作品的结构中，占据一个理想的位置，因此大家立即就感觉到它的影响。有点像其余的一切，之前一直处在叙事的或诗意的紧张、构筑的范畴。而一下子，纲举目张，它以某种典雅的游离，为自己喝彩。这是灵感的节奏。

在芭芭拉①的歌曲《南特》②中，这是很明显的。下雨、到达车站，我看到坐在壁炉边的四个男人站起来，这种气氛走到头了，整个进程都到位了。然而忧伤的缓慢突然迎来了近乎直白的话：“这会儿，你知道这个故事了……”这句话让人战栗，为什么？

---

① 芭芭拉（1930—1997），法国词曲作家和歌手。

② 芭芭拉1959年12月得知父亲于南特（Nantes）去世。在父亲下葬的次日，她开始创作这首歌曲，历时四年完成。

也许是这个第二人称，它出现在一位夫人的戏剧性的庄重中令人吃惊，这位夫人恰恰在倾诉情感时要与公众保持距离——你们是我最美好的爱情故事。歧义也来自“知道这个故事了”。知道，肯定多亏芭芭拉刚刚透露的这些。但人们不禁想，这也意味着：你已经和我一起经历了这个故事，这是我们的故事；在我敞开心扉的同时，我唤醒了一种奇怪的友爱，我们一起生活，既然你追随着我的秘密的跌宕起伏。

距离即将恢复：“一天晚上他回来了……我愿他安眠。”他，我……可是曾经有被一致的忧伤带到叙事之外的这个“你”。

在《情感教育》中，这样的短句是尾声部分一个章节的开篇：“他游历过。”在缪塞[1]的作品中是：“玛丽安娜，我不爱您。”而在高乃依的作品中，人们经常作为间接肯定法提到的“去吧，我不恨你”，此时却是时机的特征，激情的特征，被前边的其他词语强加的

① 缪塞（1810—1857），法国浪漫主义作家、诗人、法兰西学士院院士。

一个休止的特征，前边的词语甘愿为雅美当劳工，做支撑。这个完美的句子，几乎是信手拈来，然而作家们对此一无所知。他们不得不工作，不知道他们接近了。这是词语的蓝调。

该打住了！

这是一个相当奇怪的句子，它维系着句子的音乐性、句子表明的精确涵义和说话人的真实立场之间的二律背反的关系。语调随着宣泄沮丧并发展成革命怒火的开头升高。句式含有一个绝对必要的、严厉的终止的想法，我们只是来得太迟了！

然而这句话总是奇怪地应用于平民百姓预先知道自己无能为力的领域。“他们又裁减了梅尼尔岗位上的一个雇员，现在两个人干三个人的活，该打住了！”“圣诞节时，他们说运行得很好，可现在他们把一家工厂迁到中国，该打住了！”

我们顺便提一下，人称代词“他们”的使用通常与指控连在一起。在这种情况下相当名不副实的一个代词，因为尽管人们很清楚一般来说是指领导，可是这个“他们”与其说是指张三李四，倒不如说是指社会的和政治的行为一种更可怕的和更模糊的形式。

“该打住了”自相矛盾，它不表达一种造反的意愿，却表现一个消极的人，他在愤怒中找到了他的洞察力的担保人。乍一听，我们会认为是《萌芽》[①]一书里的矿工说出的话。但显然不是。他无需说，因为，他与其他人一起行动。如今，几乎所有人都表达打住的必要性，却是以个别的方式，而表明的反抗仅仅是一种痉挛性的挽回声誉，一种消化不良的粗俗的嗳气。衰弱的人们有许多工作要干。因为头等车厢和二等车厢的所有旅客都乖乖地买票乘车，列车在路上行进，载着所有这些希望打住的旅客的高速火车越跑越快。

① 法国作家左拉的一部小说。

没什么可担心的

没什么可担心的！一切正常。一帆风顺。多么乐观的说法啊！

犹如有必要改良、平整泪谷，使其变成恬静的平原。在这些说法中，“没什么可担心的”与众不同。它不是用来做一份生存的笼统的总结，而是用来准确地回应通常很小的，涉及物质生活安排的一个请求，回应人们准备给予的一个小帮助，一个要满足的愿望。

“担心”一词在这种背景下有些奇怪。肯定地回答“你能代我去学校接一下雷阿吗？”来消除担心，我们可以理解。可是当鞋匠以“您会取到鞋，没什么可担心的”告诉您可以在周二晚上取回鞋时，就很值得思量了。

人们当然可以说：选择这个词汇是依据常常让日常用语受到青睐的这种看似不恰当的词不达意，确切地说是因为人们在使用一个略微偏移的词时感受到一种魅力。然而在“担心”的这种情况下，还不仅如此。确认没什么，意味着有可能有什么，意味着生活就是为一系列微小的难以忍受的和连续不断的困难所苦。

这句话与社会上折磨人的神经紧张合拍，这句话这么酷，这么有禅理。向您保证明天换好鞋底的喜马拉雅山区的老人与其他人不完全一样，生活不完全一样，既然和他在一起，将没什么可担心的。

应该看到舞台上的他

大家稍微想象一下近年来在我周围纷至沓来的这种评价是给谁的。我自己有时也这么说，以一种略微不同的坚信，因为如果在希伽勒[①]或在奥林匹亚[②]看见所涉及的人物让我体会到一种巨大的幸福，我同样赞赏在生活的其他更私密的舞台上的人物。

但是由于频繁使用，“应该看到舞台上的他”为取得一种绝对值，最终脱离了原本的语境。这里有一种不可阻挡的真实的形态，让我觉得是针对每个人的。当然，这对于那些工作中有观众的人来说更明显。我想到这样一位教授语文的女同事，她在家庭生活方面不大走运，受着慢性哮喘病的折磨，而我上课时听得到隔壁教室里她的嗓音。无论是奉献给鲍里斯·维

① 始建于 1887 年的一家歌舞剧院，位于巴黎第十八区。
② 始建于 1893 年的一家歌舞剧院，位于巴黎第九区。

昂[①]的作品的激情，还是奉献给关系从句的激情陡然让她充满活力，我感觉到这种激情的传递，听众被征服了。应该看到舞台上的她。

我会对我的肉店老板说同样的话，他已经退休了，我现在有时与他擦肩而过，异常内向的他善于从切牛肉或者剁排骨的顿悟中提炼警句。不止顾客的订货，他那时在刀与秤之间掌控着世界。

其他的舞台更加私密：嫁接李子树的庭园、钓鱼的河岸、做爱的床。有时候根本没有观众，因为他或她的才华在于感伤的沉思，黄昏时在灯下阅读儒勒·勒纳尔[②]的作品，写作找不到出版商的小说，夜深人静时烹制水果蛋糕。公众与我何干。每个人有自己的舞台，他在这个舞台上与演出融为一体。每个人此时都具有双重性，意识到最贴切的存在。一些人被呈现出来，另一些人某一天将惊讶于受人期盼。许多人仍将寂寞下去。然而，应该看到舞台上的他们。

---

① 鲍里斯·维昂（1920—1959），法国小说家、诗人、剧作家。主要作品有《岁月的泡沫》。

② 儒勒·勒纳尔（1864—1910），法国作家，主要作品有《自然记事》等。

就该一直这样下去

小狗小猫的娇憨让人不得不动心。然而，这个失神的受指责的愿望："就该一直这样下去！"却总是专对人类的幼崽。最含糊的惯用语之一，它把同时针对未来和过去的一丝遗憾和对现在的深爱结合到一起。

因为说这话的人总是已经过了身为年轻父母的阶段。在婴孩的完美中，他们不是发现，而是认出一种状态。什么样的完美？绝对的信任和这种信任的根源，绝对的依赖，鲜嫩的肤色，无因由的笑容，成年人的语言连续表达能力的缺失——在这些方面，与对小狗小猫的勾当的评论相差无几——最后，身量，它不大不小地恰好证明所有客观反映的合理性。

"就该一直这样下去"止于一种美好的赞颂，还没有达到渴望同化的地步——无论如何，如果这样的命运如此值得向往，为什么不渴望自己成为这个样子呢？然而这个惯用语不是这个意思，其言外之意甚至是，人们出神地盯着的不是一幅图画，而是一段影片。

这句话尤其暗示了：以后就麻烦了，这个小孩子；当然，还有小孩子周围的人就不那么满意了。从语气的情感中，人们也发现了些微不那么积极的含义，影射麻烦、忘恩负义、疏远。就在他似乎全神贯注地端详婴孩的那一刻，他走神了，想到自己，想到自己体验过的一段幸福，后来，幸福淡薄了，给自己留下一个苦涩的创伤，他假装摆脱了，却允诺给所有人的创伤，因为他知道：这是向抱怨生活的生活致敬。

我讨厌这句话

“许多人在看一个婴儿的时候说：‘就该一直这样下去。’我讨厌这句话。”

这里呈现出一个套层结构。因为说讨厌这句话的人与说这句话的人一样多。说讨厌这句话的人希望暗示什么？他们把自己列入另册。首先我能够把婴儿看做婴儿，而不按照过于笼统和消极的某种人生哲学去看。他们此时的意思是我讨厌泛泛之谈，这在他们看来显得有些自以为是。

信奉“就该一直这样下去”的人也是在自言自语，尽管他们处在社交场合。“我讨厌这句话”的发起者只对房间里的成年人说，最好只对孩子的父母说。他们希望让人意识到他们对神迹的感知更敏锐。孩子讨人喜欢，这不用说，然而那是一种预兆，而不是终结。在“我讨厌这句话”中有更多的恭维。有你们这样的父母，有你们将来传给孩子的天赋，给予孩子的教育，你们开始了一个引人入胜的奇迹，我向这个奇迹的萌芽致敬。

也许人们在此还可以解读到一点自满。我有过孩子，我不是那种孩子能够显示真实的个性就受不了的人，另外我们家在这方面一直都很顺利。

这样的言外之意容易传达。然而要当心别越界。越界的常常是男人，他们认为最好加上一句：当然这孩子娇小可爱，但对他们来说，他们更喜欢两三岁大的孩子，因为可以给那么大的孩子讲故事，或者和孩子一起玩球。其言外之意是两三岁之前只不过是幼虫期，换尿布啊，妙思乐护肤奶的气味……

他们的妻子这时接过话茬：“才不是呢，你怎么能这么说？你看他多漂亮啊！”

是的。很漂亮，只要一直这样下去，还是只要别一直这样下去？即使在享乐至上的快活中，婴孩还是会提出一个形而上学的问题：为何要爱他身上的过去的时间呢？

在我们家，就是这样！

这是一句多余的话。在您尚未发现这家人有什么独特的习惯时，“在我们家，就是这样”几乎会让您觉得自己可怜。您甚至不敢回答。随和地点点头，类似“我嘛，全都合意”，就行了。但是如果您确实已经感受到不一样的氛围，对待人际关系，做饭或者上桌吃饭的某种特殊的方式，就很糟糕了。就在您开始琢磨“看，在他们家，是这样的。毕竟，这不一样。这相当令人喜欢”这个档口，主人——更多情况下是女主人，武断地注销了您愿意试探的东西，注销了您加入不少自己的生活环境听任自己融入的环境，一句话就让这一切灰飞烟灭。因此，那原来是个圈套。您自认为在一种气氛中，您处在一种道德规范中。这种表面上的随随便便，抓住一个路过的额外访客的不拘礼节的方式，

——我来只是要把书还给你。

为了让他在家庭的餐桌前就座，

——你足足有十分钟时间。人越多越热闹，不过是添一套餐具而已。还有羊后腿，给他把那个羊后腿端上来。

——可是你们在吃甜食。

——别担心，你也有烤蛋白柠檬馅饼。你可以吸烟，不影响任何人。

这一切进展得相当好，就像舒适的一股暖流，或者一丝凉爽的清风。遗憾的是，这句“在我们家，就是这样”驱散了饭后一支烟的舒坦，这实在下流。人们怎么能冒称具有心照不宣的才能，怎么能扫掉喝咖啡前的一点完美的时间呢？可是太晚了。词语已经杀死了它们希望获得的东西。在词语那里，完全不是这样的。

我丈夫家那边……

既不是盖尔芒特家那边，也不是斯万家那边。然而我丈夫家那边，我妻子家那边，也是心里的一些界限，也是通过对比或补充，证明身份的应答。

如此表露的独特性往往与少有赞美、多为调笑的某种兴奋一起表现出来，至少当交流发生在家庭之外的时候。与配偶本人，描述将明显地更枯燥。可是在路边，围着咖啡桌，有个女友、有个男友作陪——这类供认须有某种亲密——“我丈夫家那边，他们完全像这个样子！”将狂喜地被喊出来。

完全像这个样子，也许延长到一月底的三王来朝节烘饼完全像这个样子，一直到八月底挤着几代人的北方布列塔尼的家里的房子完全像这个样子，或者巴士底广场和共和国广场之间请愿的游行队伍完全像这个样子，兄弟姐妹完全像这个样子，或者河边的露天烧烤完全像这个样子。

至关重要的是能够引出一种确实的习性并确认“我们家，完全不是这样”。我们家更好吗？经常是这样，但也并非一定这样。重在表明：人可以同时生活在两个大陆上，只要做出让生活还过得去所需的让步。

如果我当初没有遇上他（她），我还会坚守我们家称之为正常的东西。对一些人来说，这完完全全是骨子里的意愿，尽管雅克兄弟①已经懂得与这种意愿保持距离：“通常，骨子里的意愿大错特错。”

说“我丈夫家，我妻子家”是对不同习俗感到惊讶，同样也是对不同习俗的赞同，是把联姻看做以假装坚持歧视为乐的反歧视的姿态。“你家，唉！……我丈夫家那边……”这时共同生活的愿望犹在。

---

① 从1946年至1982年活跃在法国舞台上的一个男生组合。

我将一场一场地打比赛

不愿意冒犯这位网球运动员，人们原本倾向于让他注意到无论如何真的是没有选择的余地。可是，人们明白。我将一场一场地打比赛，意味着提前利落地堵住记者含糊的推论，这位采访的记者希望我承认自赢了首轮比赛起，我就瞄着打进决赛，同时暗示我前景“光明”。

正是采访记者，因为喜欢独家新闻，喜欢夸大，迫使这种手段公式化。因为毕竟，这的确算不上是刻板的语言。网球选手是真挚的，当他口若悬河地说“没有轻松的比赛”、“在罗兰—加洛斯的决赛阶段，所有的选手都是危险的”等这些陈词滥调的时候。

一场一场地打比赛是这种套话的，可说是新鲜的变体。它适时地提醒人们，除了胜负，网球运动也是一种竞技，每场比赛都是一出剧，应该把每场比赛看做一个整体，而不是看做链条上的一环。这里——也许已经属于失常——还有表达重归整个职业精神曾受感染的一种原始娱乐的愿望。

因为这句话奇怪地表达了与它希望表达的意思相反的意思。“我将一场一场地打比赛”意味着人家很希望还将有多场比赛，因此远非是一场一场地打比赛，人家是从一次重要的巡回赛的角度，职业生涯的起起伏伏的角度看待这些比赛的。哲学的和理性的口气明显地有一个悖论。当然，我梦想走到底，可是我装作不考虑长远的事情。

有点像是人们相信乞求厄运能够阻止厄运，网球选手在体制注定把他束缚在里面的同时追索摆脱体制的渴望：没有时间品味自己的胜利，已经有了摄像机镜头下的这次采访，已经有了对后边的巡回赛的展望，您明天将在中央球场比赛。现在已是将来，他无能为力。不是他说了算。他被日了绑架。被比赛绑架。

场一场。

之前还好吗？

当然，有自信的老板，在要价挺高并赶时髦的餐馆里，用有些自命不凡的“您高兴吃点什么？”迎接您。在这种情况下，“您高兴吃的这个”不是您向往的绝对免费，而是您在菜单中找得到的范围很有限的并且是完全付费的吃食。

我承认我更喜欢那种或许比较缺乏社交经验的女服务员，她在某家朴素得多的餐馆里边收拾桌子边大着胆子问：“之前还好吗？”奇怪的说法，其天真幼稚的询问的语调伴随着一摞摇摇晃晃的盘子，紧接着就是大大咧咧的提议：“一小块奶酪？一小份甜食？一小杯咖啡？”您差一点就听到一句：“给小太太，给小先生？”这让您要激烈反抗。

然而不是这样。她执意说的这句“之前还好吗”，毕竟只是亲朋好友打招呼时惯常说的“还好吗”的过去时态。但是如果“还好吗？”能够非常明确地询问您与生活的和谐与否，那么“之前还好吗”不仅针对您对吞下去的食物的赞赏，且还有消化食物的享受，甚至您去那里的愉快。不是展开哲学对话，也不是谈论天气，它只说给二十位常客听。然而，为了让事情人性化，随口说一句“之前很好，谢谢”是很客气的。

我有件脱不开身的事

一件脱不开身的事，指让您讨厌、为难、缠身的什么事。如果真是这样，向对方解释原委并引起对方的同情并非难事。然而很显然，这是为了推脱确定的一次会面。

在靠文质彬彬的虚套实现的拖延手段中，“我有件脱不开身的事”肯定是最不打算骗人的手段。人们不用一件脱不开身的事拒绝很近的亲友、有可能探查我们的生活的人，而是拒绝我们知道足够疏远的人。他不会死死追问您。即使出现这种情况，您也可以用非常含糊的约诊脱身，这就像另一次开小差。“大夫说我得了一种慢性的骨科病，我背疼已经六个月了，我什么方法都试过了”是用细节渲染，尽量利用可能性的真正的谎话。然而，脱不开身的事，约诊——有时是午餐——是些相当难以被捅破，从而免除了任何额外解释的障碍。

说“我有件脱不开身的事”的人是猎物，是让人久等，然而虚伪地啃破了想窒息他的网的人。他至少能够假装浏览日程表，让自己在这个把戏中多稳定一段时间。但是这些角色真是这么明显地被分配的吗？满足于“我有件脱不开身的事”的猎人并不太饿。当然，他可以用“下周四，怎么样？”碰碰运气。但更多的情况是他满足于“我们再电话联系，我们以后再说”，表示理解—认同地撇撇嘴，这让天平两端恢复齐平。在力量均衡的支配下，所有人都是可笑的滑头。阿尔赛斯特①和西拉诺②怜悯地看着我们。莫里哀和罗斯唐要差得多，他们知道自己与自己的角色多么不相称。唯一真正脱不开身的事正是这种社交游戏，在这种社交游戏中，当前的能量让我们片刻冒出稍纵即逝的重见的念头。

---

① 莫里哀的戏剧《愤世者》中的人物。

② 法国剧作家爱德蒙·罗斯唐的戏剧《风流剑客》中的人物。

应该趁着现在享受它

从整个逻辑上，这句话应该说给那些朝气蓬勃的人听，例如，享受长假的大学生。然而并非如此。它总是针对同一个年龄段：六十岁至七十五岁，假定的退休的第一阶段，无论统计数据如何，这个阶段并非总能实现，**更不必说**超越了。

所以，格言着眼于带有警告性的不利面，暗示一个必定衰弱的，没有什么欢乐的未来：这个“现在”，远不是仅以让当前充满阳光为目标，明显地藏有一种凶兆：之后，就太晚了。

另外，它涉及的公众多多少少地限制了动词“享受”的范围。该词本身透出坏的成色。它似乎不适合阅读，几乎不更适合戏剧。如果说体育活动，不必说，有一搭无一搭地享受大概是明智的。同样的明智显然也涉及口腹之欲或者床第之欢。当然，人们可以竞相拒绝让·吉奥诺[①]的人生观。被医院限定每天吸三次烟斗的他，特别强调用顺势疗法酿制的这些强度剧增的欢乐。除了有才华，还需要天分。那么重要的是该享受孙辈之福吗？如果有的话。当然，条件是享受不考虑他们在青春期最终疏远的一种关系，青春期将明显改变情感牵连。

不附带任何条件而获益的唯一领域涉及旅游的概念。哦！是啊，趁着现在去旅游——也就是说去发现所有您未曾涉足的地方，对于丰富您的人生是多么可取啊。

然而最阴险、最似是而非、最难以忍受的词是这个“它”，在这里被完全改变了的代词，既然每个人都自认为有权利深入理解您与世界的关系的独特性。别人有什么权利通过把一个定制的系数指派给您的生存的各个不同部分，用整体的、简化的观点评估它们呢？您不愿意享受它，仅是稍稍地活着。就像您现在这样，就像您过去一贯的那样。

---

① 让·吉奥诺（1895—1970），法国作家，主要作品有《庞神三部曲》、《屋顶上的轻骑兵》等。

我们那时笑弯了腰

冒着被扣上浅薄的大男子主义帽子的风险，我故意使用了阴性的我们，这句话在姑娘群中更盛行。提及的趣事大概经过一点润色（然而这更突出了男性的行为举止），可随后的评论属于女性。我当时笑弯了腰，或者，更经常的是说，我们当时笑弯了腰，参照不在场的同谋强化了应该从谈话中涌现出来的真实印象。

我们严厉些。宣称自己笑弯了腰的姑娘身上没有能证实应该持续狂喜的迹象。听众有所保留地接受她提供的情况。也许是怀疑，或更说是嫉妒。有理由的嫉妒。因为这个姑娘是冲着她们，宣称那时笑弯了腰的，在她们被排除在外的一个场合，在人家有更强烈、更伟大的人生享受的一个幸运时刻，在与聚集在路边的这个小团体有些伤感的色彩形成强烈反差的一次离奇的冒险中。

人们不怀疑笑弯了腰的女孩子有可能噗嗤一笑。她甚至像原本就是为噗嗤一笑而安排的，人们甚至想听任生出这个名词。很可能与一个男孩，或者一伙男孩有关。想出风头的愿望真的招致特别笨拙或者大胆的行为或言语吗？后来，人们噗嗤一笑，更喜欢男孩子们毫无察觉。

狂笑被巧妙控制住的强度往往是失败的证明，也是对抗无所谓的最后一个机会。这一次也没有成功，或者，顶多是某个男孩子对女孩子团体提出了一个无足轻重、引起一阵骚动的意见。其实，可以用三个字来回答“发生什么事了？”：没什么。然而，叙述将升华隐藏的失望。我们那时笑弯了腰。

谁还读杜阿梅尔[①]？

神色贪婪，或者假装不堪重负。这句话以杜阿梅尔结束，但也可以是罗曼·罗兰、马丁·杜加尔[②]、阿纳托尔·法朗士[③]……而且，纪德或者克洛岱尔，也没什么不可能。这无关惋惜。更是一种故作延迟的发现。每次涉及一位作家，这位作家，因为成功，更因为他的理性之光，似乎是他那个时代不能回避的。想不到普鲁斯特曾经崇拜阿纳托尔·法朗士……想不到在我小时候的《拉加德和米沙尔读本》[④]里，纪德的篇幅有六十页，而普鲁斯特的篇幅只有四十页！还有，

① 杜阿梅尔（1884—1966），小说家、诗人、评论家。他的作品《文明》曾获1918年龚古尔文学奖。

② 马丁·杜加尔（1881—1958），小说家、剧作家。代表作是《蒂博一家》。

③ 阿纳托尔·法朗士（1844—1924），诗人、小说家，1921年诺贝尔文学奖获得者。

④ 由安德烈·拉加德和洛朗·米沙尔选编的一套中学法文基础教材。

想不到现在，所有被淡忘的作家都蒙上了尘土，都成了过时货，这种过时货可以任由人们觉得是陈年的乳香还是湿乎乎的法兰绒。

问题只是看似与忘性有关。有问题的是这个现在。这条信息可以有多种解释。蔑视偶像吧。现在手里有牌的人，左岸的文人一致推崇的人不一定流芳百世。那么在这句“谁还读杜阿梅尔？”中有一种令人振奋的颠覆吗？其他人，他们不是今天的杜阿梅尔或者马丁·杜加尔，他们能从中得到值得期待的题材，以自己的方式描绘远景的时间吗？回答似乎相当的负面。问题既无涉启发后人的梦想，也和遁入相当萎靡的悲观中无关。没有没用的东西。没有人实实在在地阅读。那些可以理所当然地自认为已经为一次长途旅行做好了准备的人们已经被吞没。足以说其他人是没有救生衣的遇难者。

这句话偶尔出自作家之口，经常出自出版商、评论家之口。想到最受尊崇的创作想法很快变成了塞利纳[①]所说的腐朽的空谈，似乎让以文学为生的人们欢

① 塞利纳（1894—1961），小说家，代表作为《长夜行》。

欣鼓舞。然而对书籍的悖论的尊崇令人不解。让我们觉得永久性地封闭了时间的这个长方形六面体，只是一只可笑的漂流瓶。社会——哪怕是文学的——不能担保其有不朽的可能性：书不属于它自己。书只能变得更珍贵、更神奇。在化身令人望尘莫及的优雅的同时，书消除了所有卑劣的花招恢复了原本的纯洁。另外，有必要抹去上一个世纪，杀死父亲。在**二十世纪**，认为**十九世纪**有些傻是有教养的表现。我又沉迷于蒙田的作品中。这完全是新潮的。然而杜阿梅尔——谁还读杜阿梅尔？

您今天要做什么？

女听众刚刚赢得三片装的一盒夏尔·阿兹纳夫[①]的CD。她表现出一种适度的喜悦。电台主持人试图再次活跃这次连线。这是周日早晨，该聊聊地区的节日和旧货市场，天气预报说是个好天。这是勾勒生活的一个小侧面的时候，是增加一些互动的友好气氛的时候，这是电台与众不同之处。询问工作的问题已经打了水漂，因为获奖人失业了。可是记者没有张皇失措。

——那么，娜塔莉，您今天要做什么？

人们感觉到电台主持人希望得到关于透透气、逛逛街的回答，充满周日气氛的展望。但是在另一头，我们只听到“炸薯条”。

哦！是啊，当然啦。存在的眩晕一下子出现了。不安唯一的真正根源是什么？提问钻进了、限定了存

① 夏尔·阿兹纳夫（1924— ），法国著名词曲作家、歌手。

在的意义本身吗？人们要做的事，要吃。我到底能给他们做什么吃的？

人们感觉到娜塔莉的早晨的一部分时间已经贡献给了这个本体论的问题。一些可能性呈现出来，一些建议被逐个淘汰了。然后，完美的答案被确立了。不怎么独特吗？然而人家确信，这至少将让大家满意。另外，人们能注意到娜塔莉认为没有必要详述其他的菜品。开胃酒、主菜、甜食吗？也许吧，可是这三个字概括了赋予周日的这种大有希望的宁静，这种安排好的满足感的核心概念。

做。您要做什么？这句问话对娜塔莉而言包含附加的一个状语成分：您中午要做什么？在一段时间中，人们推度主持人（他或许满足于一个三明治）和娜塔莉优先考虑的事情之间的差距。是的，她随后将考虑星期天要做的其他事情。然而那只是作为之后享受的自由的一段闲暇，当她家里的所有人都同意。当所有人都吃完的时候。炸薯条。

很可能要下雪

出乎意料。十一月末的天气还不冷，伴随着恼人的、无精打采的雨水，人行道上偶尔还有不少落叶。一天早晨另一种闭塞、致密、灰蒙蒙的天出现了，空气的组织改变了。在药店的绿十字的下面，温度计的红柱显示为二度——模糊的数字融入空间。人们没有想到，“很可能要下雪”这个习语打心眼里冒了出来。它就像被遗忘的一首歌曲脱口而出。人们不敢大声说——这还完全像是秋季，最终有可能就是一场冰冷的骤雨，一阵烦人的雾。但是可能下雪的想法又出现了，重要的仅仅是这个想法。没有装运垃圾的雪橇，没有雪人，没有孩子的喊叫。没有花里胡哨，没有景物的故弄玄虚，比这一切强得多，因为必不可少的雪尽在不言中。在事情发生之前。人们再也不知道自己知道什么了。下雪之前，爱之前，日子的平庸假装窒息创造出的同样的缺席，同样朦胧的灰色。人们将路遇什么人。

——这下子，几乎是冬天了！

——是啊，大家开始把帽耳朵放下来了！

工人们把灯笼挂到药房的拐角处。点灯还要过几天。人们再没说什么。尤其别吓跑这点儿脆弱的想法。红色的汞柱又降了一度。很可能要下雪。

要是她哥哥……

这是父母与教师会面时说的一句话。教师那边，人家正在脱身，用一句“我只能鼓励她继续努力，因为她已经竭尽所能了”之类的可怜兮兮的称赞。父母那边——更确切地说，母亲那边，因为最常见的情况是母亲独自去，尤其是在女儿成绩不好的时候——对话还没有进一步展开：“这个嘛，她刻苦。”因为母亲似乎决意要一动不动地坐在椅子上，教师就一脸懊恼地重新开始对话，再次使出曲言法的手段。“我不能说成绩很出色。”平均六分①，人家不会再通融，否则就玷污了知识的清白。然而说一句“她的认真应该会让她取得进步，我没有绝望……”也无所谓。母亲摇摇头。“有时看她做作业真觉得她可怜，她没能力。要是她哥哥……”

---

① 法国考试采用二十分制，十分为及格分。

哦！这个“要是她哥哥……”多少教师听过这句话？在这种情况下，这个哥哥不是班里的学生，可是人们与他面熟，久闻其名。一个小无赖，抹发胶的鸡冠头，一尘不染的白色耐克鞋，老师们说：“最糟糕的是他本可以学得很好！”看来，这种潜在性足以让他幸福，重树他的威信。在他的同学的眼里，这似乎很正常，然而他妈妈也这样看，就更让人没办法了。

争取男女一样，性别平等的所有斗争都不会胜利，只要妈妈们以想到一点儿自鸣得意的男尊女卑为荣，她们假意为这种想法抱歉，但这种想法让她们看淡自己的女儿的勤勉可爱。一种划分，一套老生常谈，它们可能像是属于另一个时代，但是尝试让它们年年翻新。哦！他，只要他愿意稍微……人们感觉这种被惋惜遮掩的骄傲只是厚爱受到伤害的女性的初次表现。在学校的走廊里，还会有其他的表现。能而不为者，总让人心碎。

我倒是很想要支笔

慷慨不容反对地显示出来。右手专横地伸出去，目光十足坚定：不，你们别管，让我来。有时，说一句用以辩护的名言，“我做东道，下一次我随你们”的那种。其他人面带彰显的一丝遗憾，在表示同意之前，进行了一番恰如其分的反对。他一边继续争论，一边拿出支票簿。就在此时，看似轻松、委婉，在兴头上如此自然，实则充满含义的习语出口：“我倒是很想要支笔！”

哦！这个“倒是”多漂亮啊！是的，我负责调配。我已经悄然地占了上风。你们自此成了欠我情的人。去吧，我不让你们干什么大事，这将是与我的慷慨相称的你们的适度举止。这里的这个“倒是”，意思是你们欠我的。我比较了天平两边截然不同的重量：我是支付一切的人，你们是赶快借笔脱身的人。这种地位的对比谋求成为同志，谋求灵巧：它其实很笨拙，很接近粗俗。

这个“很想要”也不错，带着那威胁性的语气。这个“很”可以传达下面的意思：你们还是想办法至少找一支笔来。是的，一支笔随即从兜里掏出来了，而付钱人的自我满足的顶点在于他此时说出的这个“谢谢”。我不仅掏钱，还优雅地向你们致谢。大家起身，活动活动麻木的腿，这个小餐馆很可爱，肉很嫩，还安静，大家可以说说话。我们可以因为这么点小事而让自己成为令人讨厌的人。

可以换

这是句通融的话。它能够随意表达选择一件礼物时的极为认真或者极端随意。

邮购的一块长桌布，我们当时认为它会与印象中已有的某些餐桌布很相配，却又一直担心颜色的细微差别。节前一个月我们已经收到了这块桌布。或者没有找到一部黑白电影的DVD版本，但是最终找到了这部电影的录像带——唯一的问题是，我们深知接受礼物的人非常喜欢这部电影，以至于有可能已经费尽周折地把它弄到手了。出现上述情况时，送礼时就有些勉强，动作缓慢，神色不安，措辞含糊婉转，然而送礼时的认真是决定胜败的关键。“可以换”在这个时候是抵御失望的最后一招，最后一道堤坝。但是还有更灵活、更隐秘的一种“可以换”，其平实的语调是诚实的一种表现。话里的话几乎是不言而喻的：“那天，我偶然在福纳克[①]找到了这个，我猜你也许喜欢。”

无论如何，“可以换”是一句时髦的话。它不仅意味着存在一张购物凭证，而且还意味着想到这张会计凭证可以，首先作为潜在职能，具有换的这个概念。它尤其意味着，礼物，作为社交的、礼节的或者情感的契约，已经失去了它的独特性。一说到“可以换”，我们就隐约看到，喝完开胃酒后，客厅里迅速增加的大量光彩夺目的包装纸。我们还听到其他的说法。“我真不知道送他们什么好。他们什么都有。”透过频繁的送礼，显现出一个社会，一个过剩。归根结底，我们难道不能看出对西方世界的物质主义的一种抨击吗？我们可以改变它。

① 法国一家文体用品连锁店。

您的最大弱点是什么？

这可能是有待回答的杂志里的一套心理测验图，某种稍作改动的普鲁斯特问卷中的问题。在您看来，您的最大弱点是什么？或者只是朋友之间的一次交谈中的问题。有时人家在一档电视节目中采访一个明星的问题。

顿时，我们沉浸到很久以前常做的忏悔的气氛中。童年时代，我们应该说出自己的罪孽，而这并不容易。当然，我们那时是在昏暗中，与神甫隔着有栅栏的小木头笼子。然而那毕竟是完全了解您、了解您和您的父母的米雄神父。怎么对他说我们感到实在是不好的事情呢？无论如何，这个实在不好的事情，我们还不能用语言表达：当时，与性有关的话我们说不出口。

于是，我们利用很模糊的一成不变的罪孽脱身，我撒了谎，我没听爸爸的话，我在班上作弊。一遍天主经，两遍圣母经，我们解脱了微不足道的事情，然而我们解脱了。

成人之后，这并非更容易。我们去忏悔或许会好一些，可是我们不再去忏悔。在社交场合，很少见到一个成年人坦言自己的吝啬、卑怯、虚伪，细说自己的性冲动，承认自己的嫉妒或者暴行。回答一本杂志却可以表现得相当直率，尤其是如果我们打算不留痕迹地干掉这本杂志。在朋友之间，有时人们花些力气，然而绝到不了客观的程度。

可是明星的回答令人讨厌，明星被看做是在话筒、摄影机前演戏，他经过一如既往的思考后，最终坦陈具有反省性质的令人震惊的心声：

“我的最大弱点？我认为是真诚。”

这不，夜幕降临了

这句话是一位举世无双的人的标识。一位美丽的女子。埃尔米耶夫人原是食品杂货店的老板，她去世至少有十五年了。正是她在一副尖酸刻薄的外表下，以寸步不让的公正感指导着街区。一天，停电了，我第一次遇到她。

——可怜的先生，我很愿意卖给您三支蜡烛，而不是一盒。整个街区都需要蜡烛。

随着时间的推移，她成了我朋友，来家里分享三王来朝节烘饼，聊天，并突然说：

——我要回去了。这不，夜幕降临了。

是句俗语，还是她首创的话？无关紧要。这是埃尔米耶夫人的话。我因为她而爱上了早到的夜晚，她的冬季周日的独居者的端庄。没有任何人等她，但必须在天黑前回家。也许是不愿意过长时间地腻烦我们，省去我们的“您有的是时间”的一种方式。怎能挽留她呢，既然夜幕降临？

夜幕。夜变成一种物质，一块织物，时间穿上衣服并给我们穿上大衣。我们的活动应该在这袭天幕下继续，被它遮掩，对侧步①行走。埃尔米耶夫人并非惧怕在路灯下把她带回家的人行道上的两百米夜路。然而，这也是遵循日入而息的一种修养。让·里克蒂斯②把暮色称为眨眼的工夫。就是这样。埃尔米耶夫人希望在眨眼的工夫即将到来之际回家。

后来，在她与世长辞的时候，她也是以同样的谨慎，同样地担心打扰别人，无惧无悔地遁入黑暗。离开落地灯的光环，壁炉的蓝色、橙色火焰对她来说看来不难。一种漂亮的方式说永别就像她从前说再见，有什么好反抗的，走是必然的。这不，夜幕降临了。

---

① 马术运动术语。使马匹同侧前后两肢同时离地和落地。

② 让·里克蒂斯（1867—1933），法国诗人，以用民间语言写诗闻名。

我会被当成老笨蛋

——以及其他蕴含深意的微言

我会被当成老笨蛋

在不胜枚举的婉转措辞中，这种说法与众不同。它没有同类话的那种花言巧语、一本正经、说一半藏一半的样子。它希望用过于粗俗的形式提前消除最坏的猜疑，从而取得出其不意的效果：一种逆向思维。对话者在得到允诺的提示之前，不大可能大喊大叫地反对。然而挂在嘴角上的一点儿疑惑，意即“你，被当成老笨蛋！？”似乎是及时的。疑惑是期待中的。

随后的话可能涉及儿童的教育、赠送礼物的方法、礼貌的基本知识、进餐的举止、地铁乘客的上下车。然而无论什么都会参照被认为更可取的一个过去。对可说是极端自由主义的体验的一个暗指的参照也尽在不言中——是的，这话是我说的，可是你懂我的意思。我在一九六八年五月学潮中不是最后一个接受新事物的人。趁势抛出一个几乎迷人的厚古感想或许恰当其时，它魅力十足地逆潮流而至，恰好作为题外话致力于担保高人一等的完美智力。

因为是的，二三十岁时，靠着身体的魅力，迎风飘扬的肩带，浓长的乱发，人们能够试图与正统思想决裂，甚至打算诱发迁就，甚至赞同。之后，这就变得更冒险，且很快就变成了自取灭亡。仅仅是把委婉措辞置于感想之前的这种习惯就已经有了某种致命的东西。自我标榜没用。你会被当成老笨蛋。

您没有任何新信息

蜂窝电话改变了我们等待的方式和担心的方式。它动摇了火车站的诗意，改变了站台的精髓，在站台上，我们再也体验不到旅客下车时的那阵焦急的寻觅，几乎确定如果我们期盼的他，或者她，遇到麻烦，我们会知道的。

然而科技只能调换感触波段的位置，却不能消除这些波段。现在，当我们想念什么人，或者期待什么人对我们说什么话时，期盼的痛苦凝结在手机的静默中。

没有熟悉的铃声，空空的屏幕上没有任何字符。因为我们总是需要字眼确认我们的情绪，焦躁不安地轻按888很快给我们带来这个女性嗓音的令人恼怒的中立性："您没有任何新信息。"

要是认为这种说法格外冷酷，我们就有点不仗义了。既然不是我们期待的那条信息，无孔不入的信息的在场凭什么安慰我们呢？

可是，否定式，特别是“没有任何新信息”这一串字，还不只是冰冷。它似乎超出了其表面上的客观性，并在它的谨慎有余中表现出要让我们痛苦的隐隐的愿望。

信息。这个词是强效的，是一种近乎浪漫主义的人情味的载体。没有信息则反射出临床的无情。新的。是啊，我们等的是新的，是我们期望从这个魔匣里净化出的新的，这个魔匣厚颜无耻地把它的拒绝创造另一个在场——我们期待从它那儿得到的唯一的东西——送进耳朵。

另外，特别是这个“任何”。没有任何新信息。没有点滴信息俯允转向您这位卑劣的人。何必刺激您呢？您强不过静默，既然您依赖人家用字眼对您说点什么，您没有任何新信息。

店家不再收支票

他们尽力而为了，把慷慨做到了缺心眼的极致。最后这段时间，他们已不再是饭馆经营者，而成了无偿提供慈善聚会的人。他们不算账。顾客是上帝，对他们来说重要的是不断地奉献，提供愉快、舒适，或许还有幸福。然而物极必反。人们利用了也滥用了他们的天真，他们的无法估量的人情。

正是时候。就在被扼杀之前，他们一惊。痛苦。在他们的生活方式中，他们的性格中很少有戒心。他们想写个“店家不收支票”的告示。这是冷酷的，当然，这么温柔的餐饮提供者不得不如此坚定。然后他们共同商定。不，真的，“店家不收支票”太没道理。他们会给人无法忍受的倔脾气的印象，违反常情的野蛮人的印象。

于是他们想到了改变一切的这个“不再”。店家不再收支票。这写在墙上，也在菜谱的下端。顾客不可能无视这个晦涩的忠告，它让顾客见证同类做出的所有不诚实的行为。他们不会认为因为这个痛苦的过去而受指责。然而怎么能感觉不到，尽管很小，另一面，坏的一面，希望被榨取的和老实的客人退赃的一面呢？

另外，不是个人不再收支票，是店家。店家，这个暖烘烘的避风港，这个保护人的实体，承载着遗传特性，至少承载着一种监护的意愿，被打上了远远超出金钱得失的一种庄重的印记。这家店，因此损害了店家的宽厚的永久性。它依然营业，继续履行自己的神圣职责，像大度地拨开所有援助的臂膀，一瘸一拐地继续走自己的路的一个寡妇那样英勇和可敬。不叫苦，只希望允许它稍稍提示它过去能够忍受的一切。商家给予您不再收支票的礼遇。

是我！[①]

现代生活创造了这种运气。它是所有的闭门不出、所有的拉开距离、由进步诱发的所有的戒心的另一面。以前人们向前走，进入另一个人的视野，当然，见到他微笑。然而通过嗓音、密码键盘旁的扬声器说出“是我！”的感觉更强烈。看不见，更需要持重，以便表达身为另一个人等待的他（她）的深深的满足感。人们在这里注入激情，和驱散所有的疲劳、忧伤的清新。

是我。人家并非总是知道这是哪一个我。这个我有时溶解在难以对上号的一些把握不大的我中。或许也正是因为如此，在这个狂喜的瞬间才有热情的这种复生：对讲机的扬声器获得了我们将把快速重构的、完美的身份填进去的一个扩大了的缺额。不可能让嗓

① 感谢玛丽·D。——原注

音在第二个音节降下来，不可能表示：只能是我。不，这个“我”升向高音、感叹，某种兴高采烈。

同时这也是很谦卑的。世上居民无数，我们只对另一个人，顶多两个人，说“是我”。然而喜悦的强度源自幻想的，有时令人不安的，但此时是保护性的这个单一性。在楼下，我们把强身健体的一团寒气或者夏季的喘息送入送话器。我们奔着我们认识的这个人去的。我们给他带去一点新鲜空气，一点日常的扰乱。“一个位子都没办法找到，我从一早就跑个不停。”这些，只是为了在我们踏上了台阶，乘上了电梯时转移注意力。犹如要让人忽略确实性的这种陶醉：是曾经说“是我！”的这个人。

首先，您好！

在这家主营文化用品的大商场里，您认为已经使用了符合惯例的所有婉转措辞去求助售货员。他蹲在CD货架前，对您不理不睬。他看见您过去了吗？不敢肯定，然而您相信他看见了。您往坏处想，确信他提高了整理东西的专注力，就在他感到您走近了的时候。您的“请原谅打搅您了，但是我想……”含糊不清地到了前半句话就消失了，也许到了被弥散在舒适空间的背景音吞噬了的程度吗？

然而他的故作惊讶，他那转向您的一脸疑惑还是带上了责备的所有征兆。那么，真的就没有其他闲着的、站着的售货员了吗？就没有不会因为您免除了他奴隶般的和受辱的身姿而受冒犯的什么人了吗？他的为了与您等高的起身，已经在其磨磨蹭蹭中传达出被这种侮辱激起的不情愿。然而当话出口的时候，就更糟糕了。可以被无限复制的，然而他以不容否认的才华玩出独特性的这种情景在瞬间积聚起的敌意，采取了这种令人生畏的形式：

“首先，您好！”

您好。哦！是啊，您无疑还错在没有说您好——尽管仔细思量之后您并不确信这种粗野。然而，窘迫的，几乎已经懊悔的您，自此已经处在下风。

首先，您好。我是和您一样的人。蹲着整理货品是分配给我的任务之一，然而我可以给您上一堂礼仪课。最糟糕的是：一种完全侮辱性的客气能够转变成顾客的咨询顾问（您现在正求助于他，且的确当他匍匐在您跟前时您更多地把他看作一个普通的售货员），既然这种客气较少地强调它的指示的专业能力，而更多地强调您尚缺乏的一种精神品质。古怪的场景，以您的一句“非常感谢，先生”甜言蜜语地收场，这句话永远不会换成不可能的和万分必要的“我向您保证，我未曾把您当作奴才”。

我在科米纳街住过三年!

感叹紧随着您披露的住址“甘蓝田桥街”而来。巴黎很大，而这两条街道确实不仅仅是相邻[①]。被这个披露激起的热情毕竟显得做作。有趣的细节，人类本性的显露：当某个人真的住在您家附近，有可能随时遇到您的时候，愉快就不那么有戏剧性了。然而关系近了的愉快似乎更多地有赖于这种关系的潜在性，这种潜在性既不承诺什么事，也不约束什么人。

也许说这话的人在其特别幸福的一个人生阶段熟悉了科米纳街？毕竟他塞给您一堆您必将采集的餐馆、酒馆、不能回避的书店的地址。他几乎给了您一份您的新生活的使用说明书。他为什么搬走啊？仅仅提到甘蓝田桥街的名字似乎就激起了他心中如此动情的怀旧——我钟爱这个社区。

---

① 科米纳街（Rue Commines）和甘蓝田桥街（Rue du Pont-aux-Choux）均在巴黎三区。两条街道相邻且相交。

然而切莫无端地冷漠。他的部分激情似乎很真挚，并且和总是令人吃惊地乐于把一处地域牢牢地系在令我们不知所措的一个空想中有关。巴黎太大、太强，承载了太多的历史和故事。在说我住在甘蓝田桥街的同时，您已经使一种驯化具体化，这种因为一去不复返而弥足珍贵的驯化。哦！是啊，那是科米纳街的时代！我自己原本说不出这样的话，您住在甘蓝田桥街，一切都复苏了，一切也都结束了，而且因为一切都复苏了所以一切都结束了。

而且我要向您透露一个隐情……

这会儿，在长节目中接受采访的这位政治家找到了一个灵活的节奏。在前一阶段，他不得不反驳一些预料中的异议，然而这些异议让他的演说磕磕绊绊。这会儿他摆脱了，靠他敏捷的表达能力，近乎运动员的良好状态而信心满满。人家终于让他随心所欲地行动，当感觉到自己有能力，令人信服的时候就更加如虎添翼了。

几乎是自然而然地，他那越来越自如的谈话朝着一个停顿攀升，它是结尾部分的固有步调。这时他带上一点同谋的语气，头倾向提问的记者，目光随和，大方，陡然压低嗓音宣布：

“而且我要向您透露一个隐情……”

一个隐情……这个甜蜜的许诺在一个蛮族的世界里并不让人感到意外——当政治家们自以为取得绝对胜利的时候，他们最终总是感到需要吐露一个隐情。

然而这真的是合适的时机吗？成千上万的人将分享此次吐露的隐私。他没有在告解座的凉爽的昏暗中；聚光灯似火，威胁着妆容。

如果是宣布深一层的真相——这的确像是这种情况——这种私语明显地玷污了前边的一切和后边的一切。他承认他曾经处在和将处在相对的、片面的真相中，且仅仅因为这段非常短的隐情，他就放弃了之前的和之后的真相。

记者嘴角挂着一丝暧昧的笑容，既贪婪又谨慎地欢迎弄巧成拙的炫耀。同他说话的是一个不掩饰的人，然而这个人根本不会向他吐露真正的秘密，仅仅是可以让广大电视听众听到的话。这种卖弄的和过分强调的人情味也是政治的一部分。真相溜溜球的线太粗了。

他怎么把他撸了一顿!

当我们的祖先看到人间喜剧的一位演员被对手钉上十字架而感受到邪恶的喜悦时，他们会使用哪种表达方式呢？这种引人入胜的冲突显然经常发生，无论在小咖啡馆还是在宫廷——帕特里克·勒孔特的电影《滑稽可笑》就是其最说得过去、最精炼的写照——都一样。

当基督对多马说“你因为看见了我才信；那些没有看见就信的有福了[①]”的时候，没有一个门徒欢呼“他怎么把他撸了一顿”，尽管体会到的情感非常近似。[②]

“他怎么把他撸了一顿”。这是我们的，是当今的话语。语级的问题，介乎俗语和粗话之间。也是分寸

---

① 见《圣经·新约·约翰福音》第20章29节。

② 耶稣复活后首次向门徒显现时多马不在场。多马说如果他看见和摸到耶稣的伤痕，他就相信耶稣复活。

和情景的问题。我们的时代酷爱人家撸人，不是在一个小团体里、一次精英的聚会上，而最好是在广播里、在电视上，让无数的耳朵听到。一些节目是以此为唯一目的而设计的。节目制作人要求见血、语言暴力、分出胜负，这是靠眼泪博取收视（听）率的唯一的秘方。撸人不再是一种发脾气，而是一种职业。

某些专栏编辑，暖暖和和地在工作室里毫无风险，所向披靡地撸人，那里面，同事们溜须拍马的笑声让人联想到盎格鲁—撒克逊连续剧的录像带。被瞄准的是些最具反复使用价值的对象，被诋毁的怪癖，为了有效地受到谴责，应该引发大量的套话和政治正确的话。不禁止以变化不多的形式落井下石，例如，用嘀嘀咕咕的“周六下午，她在维利兹的家乐福卖割绒地毯[①]”强调大众偶像的没落。没什么新东西。

可是似乎撸人的成年人只是令人惧怕的教师的替身。是的，“他怎么把他撸了一顿”的给人快感的情绪激昂最早诞生在课堂里。提到的受害者不一定是让人深恶痛绝的人。因为自己原本有可能成为受害者，所

① 在俚语中，“割绒地毯”有平庸货的意思。

以所说的被撸就更令人兴奋。若干年后，人们或许保留了这种善意的心情，同时不再有任何风险。受挖苦的名人将取代同学。不再有如狼似虎的教师，然而，有一段苦涩的生活，这段苦涩的生活找到付费的制片人为自己雪耻。

进来就好了

当然，在诺曼底的、布列塔尼的或者加莱海峡的海滩上说这句话的机会更多。坐在沙滩上，穿件羊毛套头衫尚可御寒，天还刮着大风。如果最终决定“下水”，与其说是出于热情，出于意欲的狂喜，倒不如说是出于“下了水”，没有半途而废而获得的精神上的满足。

一点点地走入水中，犹豫不决的脚趾，水齐膝的更鼓舞人的感受，然而水到大腿，特别是随后到小腹的阶段着实令人却步，跨过这一步仅仅是因为不愿意伤自尊心。当最终决定投入水中的时候，最初的游动还是硬邦邦的，尽管有仓促的劲头。然而两三分钟后，不适真的减轻了——可是称其为舒适尚缺几分诚意。

不过人家将求助于尚未尝试这种体验的人来追索那种尚缺几分诚意的舒适。在水边，这些人一直蜷缩着，撇着嘴，双臂交叉，通常一只手揉着对侧颤抖的肩膀。人家此时真诚地对他们喊着：

“进来就好了！”

值得称赞的意愿是颇似一种激励的这种判断的根源。你们来试试，这是为你们好，只需度过瞬间的不适，你们就将体验到和我一样的满足感。

也许正是这一点，承诺的享受不足以构成鼓励。你们顶多感受到同我一样的欢乐。但你们劈波斩浪的勇气掉价了，既然我已经向你们预报了好的结果。那不再是一种冒险：只是确认我的想法的依据。在这种情况下，情感上的接近可以说起到反作用。预期的模仿完全不像一种涅槃，尤其如果前边有形式上的一个热情教导，而实质上的一丝优越感。现在，在水里几乎感到热了。

因为同样的过分宣扬的理由，其他人越来越冷，也不会去。

词语是可笑的

如果有期望尽可能避开老生常谈的一个机会，唯一的机会，那就是这个。拿张纸，当然是白纸。握着笔，等待。等待是一种祈祷。尤其是在没有立即想出来的时候。没写也许不是好兆头，然而写也不是好兆头。怎样和比自己成百上千倍地更受死亡触动的他（她）谈死亡？怎样和刚刚被死亡送到另一块陆地上的他（她）谈呢？

于是我犹豫再三，然而当笔接触到纸时，我先写下了这个奇怪的句子：“词语是可笑的。”本可以立即把这句话写下来。它会是完全不一样的。一种社交的俗套，就像在这种情况下，就像在所有的情况下，也许把动词“触动”放在七八行文字中间，用“致以最沉痛的哀悼”结尾。

然而没有。握着笔，面对白纸，我真的沉默了。真的斟酌了表明语言无力的每一个词。可以用一个

“不过”开始接下来的句子。既然词语是可笑的，为什么？然而接下来的句子能够突然唤起我的一些清晰的回忆、共同分享的时刻、气味、滋味，甚至还有：我很喜欢夏天的周六晚上待在你们家的时候。我们把桌子搬到忍冬旁边。饭后你对他说别用你的雪茄熏臭了这个夜晚，而他回答说我要熏。我喜欢他为了气你而摆出的如此坚定的神情。是的，像这样迸发出的句子在写的时候催人泪下也引人微笑，且我知道它们将催人泪下也引人微笑。这些话原本不可能一气呵成。只有一个字一个字地斟酌过斥责词语的这个句子，才有权下笔如飞。我不再重新探讨这个句子。

超越死亡的词语不再属于语言。从让帕斯卡害怕，也让我们害怕的无限空间的永恒沉默的角度来说是可笑的。可笑的，不过……

我在书里说了

涉及有文献价值的一部作品，献给一位已故的著名电影演员的一本书。作者因为他的研究对象的名气，在一个纪念日被请到广播电台。主持人在节目的开始甚至赐给该书的内容一个美称，明确地推荐了这本书。然而人们很快就感到，编者按只是谈论“我们十分怀念的”、“仍然活在法国人心中的”演员的托词。采用的媒体惯例似乎成色很足。助理导演查过档案，而谈话点缀着影片的有声片段。节目的言谈举止开始时有些刻板，通过谈论一些拍摄花絮而有了生气。有笑声、主持人给出的有些夸张的惊喜、作家复苏的热情，他增加了人家让他感觉到变得不知趣的细节，因为不可更改的播出时间表的广告时段就要到了。

恢复力量均衡的念头突然闪过传记作家的头脑并触碰了他的敏感性吗？也许是，特别是在这次强行插入的中断之后，记者忽略了重提书名和书的作者的名字。在这种情况下，可以在谈话的自然中觉察出一道不易觉察的裂纹。主持人此时完全沉浸在演员的私生活中，享受着某些披露的首次公开的特性。然而作者，在继续佯装淳朴的同时，处在禁戒的状态。他最终说出了不该说的话："我在书里说了。"

哦，插了句话，几乎不露声色。然而这种自我推销有某种令人遗憾的且不可挽回的东西，作者马上就感觉到了——可是太晚了。人们清楚地料到主持人可能有的一种想法……没有人在乎他的书。至于作者，如果他最终敢于尝试这种灾难性的企图，是因为他开始抓住了他的到场走上歧途的关键。听众有这个节目就够了，不会蜂拥而至地买他的书。而他是来卖书的，大家对此心知肚明，没什么丢脸的，然而自己奔走呼号就变得厚颜无耻了。他原来是无所不知的见证人。"我在书里说了"让他变成了拙劣的商人。

我们请您走近

《于洛先生的假期》[①] 中隐隐的抱怨历久弥新，它把所有避暑的人推向一个又一个地下通道，让他们在站台上对刚刚为他们播送的通知犹豫不决。然而，当车站里的信息十分醒目的时候，我们也听到一些有点奇怪的东西。现在常用的这个熟语："我们请您走近法国国营铁路公司的一位员工，以便……"即是如此，它用可说是循环往复的消息追随着您在线路上的一种不安。

我们请您走近……命令每个人去冲撞法国国营铁路公司的一名员工肯定不恰当。和气是适合时宜的。然而这个走近的概念也包含了相当值得玩味的荒谬。人们很清楚地感觉到这个概念是经过长时间的争论，由比其他人更狡猾的一位传播学专家选定的。

---

① 1953 年上映的一部法国影片，导演是雅克·塔蒂。

走多近呢？如果是对着职员的耳朵像大喇叭似的喊出您的强烈不满，对职员来说一段合适的距离更可取。然而预设的情况不是这样。仅动词“走近”的使用就假定约定了完全彬彬有礼的、完全温和的交流。另外不是职员们提供情况，是您试图采取走近的行动。您因此处在劣势。您可以走近他们，前提是不得让被迫遭受放肆地要求解释铁路的前途的铁路设施的使用者反复攻击的法国国营铁路公司的令人尊敬的雇员失去童贞——即使您的初衷并非要强奸他们，也没想用大砍刀攻击他们。

最终，超出了保持消息中强调的若干距离的想法。您不得采用精神上或肉体上的报复手段。然而相互尊重，亦可以说保持五十公分距离，不使用电刑逼供，您可以走近。

是三层保险玻璃啊！

我非常非常喜欢给我讲这些事的老先生。他本人也从事过一些拳击运动，特别是在（二十世纪）三十年代初至三十年代中，他经常作为观众出入拳击场。爱丽舍一蒙马特尔[①]、中心场地。我看过一些黑白照片：烟气、拳击台上方的灯；杈杆、几个姑娘。特别是平民观众，如果没有我这位密友我不可能想象他们的活动。惯例是这样的：当报幕员介绍两位拳手时，他先说："在我左侧……一米七五，六十八公斤，三十六胜……"话声一落，观众就喊："是他！"不为所动的报幕员这时宣布："在我右侧……"知道他的简介将紧随着热烈的"是另一个"。节日气氛的预热，已经保证了点缀战斗进程的更具个性的蠢话。

① 位于蒙马特尔地区罗什舒阿尔大道上的一家著名的歌舞场，1870 年开业，2011 年因火灾而停业。许多著名作家和画家描绘过这里的场景。

无数趣闻中有一个令我欣喜若狂。这是与法国次轻量级拳手古斯塔夫·于梅利有关的趣闻，他是公认的重拳手，然而在身体的另一个突出部位有让他得到“玻璃下巴男人”绰号的——要是可以说的话——阿喀琉斯之踵。中心场地的他的支持者们为此担心，他们今晚观看他和另一位拳手、该级别的欧洲冠军、罗马尼亚人波佩斯库交手。比赛一开始对于梅利来说相当不错，然而第一回合的结尾，人们相信悲剧出现了。人们相信的确看到波佩斯库的一记直拳击中了他的下巴。观众屏住呼吸，确信再有三分钟比赛就该结束了。然而谁都没想到，古斯塔夫·于梅利这时抖了抖身体，然后若无其事地回到他的中立角。在第一回合之后的例行的休整中，人们听到一个嗓音选择了适当的时机，几乎寂静的时刻，喊出这个传世佳句：“嗨，塔塔夫[1]，不仅是玻璃，是三层保险玻璃啊！”

圣德尼区。中心场地。（二十世纪）三十年代的巴黎……

① 古斯塔夫的昵称。

这几乎是俗气的

他面对一片景色说这句话。他觉得景色很美，一伙人都很同意。有过一浪高过一浪的赞美声，然后有一段集体的沉默。坐到了草地上。现在夕阳给云彩套上《圣经》氛围的光晕，蓝色的天光转为橘红色，衬着后面的雪山。警句终于出口。这是老套路的组成部分。“这几乎是俗气的。”

这种想法令人吃惊。他曾经完全同意让自己沉浸在生态之巅，一次山中远行的延长符。突然，贬低一步步臆造出的这幅画面的需要，从闲逛的疲劳中夺去这幅画面的需要，客观地把画面纳入一种规约，规约中少有发挥的这句口头禅，觉得同时被归结为字面本身的意思和字面之外的意思。

字面本身：一幅庸俗得难以忍受的十九世纪浪漫派风格的落日，如果参照对象是画作；更糟糕的是想到一幅照片，廉价出版物中印在过度光滑的纸张上的让人咬牙切齿的那些照片。

字面之外也一样：因为警句说了几乎。几乎是俗气的。是的，我们有把这幅全景置于最陈旧的，甚至是令人恶心的一种艺术格调中的武器，然而这也是拒绝艺术格调的一种方式，想不到在文化上如此落伍的云彩和落日在一个晚上比它原来的状态更美，想不到它们属于另一种东西，属于评价即不公正的一种静默。让我们忘掉我们眼光被格式化的那些年代吧。真实的美摆脱不了文化吗？

这个骄傲与羞耻参半的“几乎”，让景物有了免疫力。是的，这是俗气的，然而这很美。

我还没有出生

这句话拔得头筹，位居荒谬的、令人讨厌的句子之首。它有时确实有理由去回应一个抑制不住的惊讶：

“您不知道……？”

然而，带着不满的，却又得意的敌对情绪给出的这个回答，已经变成这种电视娱乐节目的经典。是的，我不知道披头士乐队的这首风靡全球的歌曲、肯尼迪总统在柏林的讲演、弗朗索瓦丝·萨冈的第一部小说的名字。缺乏这些知识本身并不令人惊愕。然而成问题的是找的这个想把不足化为优势的理由：你们知道答案是因为你们老了，我不知道答案是因为我年轻。

于是伦勃朗、维克多·雨果、帕斯卡，还有更多的人吗？一种非常可笑的态度，以至于表演者通常都很清楚，并不得不事后要求把这当做一种心血来潮，是在必须别太有失身份地接受被淘汰的情况下保住面子的唯一手段。一些人扬起让人想到持续不断地咀嚼总在嘴里的一块口香糖的下巴，仍执拗地反复说“我还没有出生”，犹如这是把万能钥匙。

在另一场游戏中，老人们有自己的辩解的蠢话，这种蠢话的形式是“我知道答案，可是这速度太快了”，而且人们总是不敢问为什么他们自愿冒着变得滑稽可笑的风险来参加显然是比速度的比赛。

然而这句“我还没有出生”里还有更令人不舒服的东西。想到文化泄露者的后面隐藏着在不同的、仅仅表面上被分享的一个世界里的一种生活方式。想到个性的征兆在年龄段的归属中找到了它的本质，如果这句名言的传声筒能够有个性。

一千欧元的问题；“您了解愚蠢吗？”伸开双臂仰望苍天，想一想。您已经出生了。

哦……

我知道。拼写这个尤其不应该使用惊叹号强调的喝倒彩不容易[①]，尽管使用了命令式。然而所有网球迷都了解它，也讨厌它。它在发球前的瞬间，在谋求文明的一项体育赛事的几乎的寂静中，绑架菲利普·沙特里耶球场。不是在决赛或者半决赛中，因为这时反而会遭到让它噤声的愤怒的斥责。

这个“哦……”想表达什么？通常情况下，不表达什么。它可能责怪一场比赛平淡的样子，对阵的双方贡献了一场平庸的表演。因为抑扬的发音似乎是直白的：“我们厌倦了。你们抖擞精神吧！”甚至也不是这种情况。“哦……”中最让人恼火的就在于，它出现在让您激动的时刻。让所有人激动的时刻。似乎，只有一个男人除外。哦！是的，这是“哦……”的一个

① 该词原文为 Alleeez。

特征：您永远听不到从女性嗓子里发出这种声音。她们在罗兰—加洛斯却很抢眼。犹如体育场上这种痴愚的表现应该一直由雄性专有。在罗兰—加洛斯的包厢中有许多令人惊艳的美女，她们根本不看比赛。那好吧。她们一声不吭，充当电视转播的有点老套的插入镜头。

“哦……”不从包厢发出，而是从看台上部落下。它因此是无产者的吗？回答是否定的。没有必要细说票价，或者享受免费进入至圣所的阶层。高喊“哦……”的人不是来撼动小黄球世界的鲁莽的街头流浪儿，只是不受约束的讨人嫌的人，他希望把自己的失望感强加给打扰他的热情的焦点。我们不是看足球。这种行为不是没文化，然而是完全粗俗的。我不知道这个“哦……”的确切含义。然而我知道发出此种声音的人。算得上有钱的一个小混混。一个小笨蛋。

我守护我的男主人

在花园的大门上，“当心狗”的牌子仍在数量上占优。具有完全一样含糊理念的“当心恶狗”的牌子明显地减少了。我们只作为趣闻提一下，饶有趣味的“可爱的猫咪”未获成功。然而流行开一种新的启事，启事配有很不客气、眼睛充满敌意地盯着您的看门犬的大头贴。伴随照片的句子是绝妙的：“我守护我的男主人。”我们注意到这种文雅告示的制作人没有打算使用复数，更少考虑狗可能有女主人。不，这东西一直属于雄性的和五大三粗的层面，且这样的很畅销。

我守护我的男主人。这不再是要求当心，不再是为了引起来访者的提防。这只是一个威胁，预先合法化的暴力。如果看门狗咬了您，它只是完成了一项合法化的工作，这是它存在的唯一理由。

犬的这种恫吓最让人恐惧的一面在于其表达方式的拟人化。做出承诺的是狗。它以第一人称对所有意外的访客宣战，哪怕是乞讨者，甚至只是送包裹的邮递员。

这种好斗的坏脾气只不过是主人的脾气，使用的词汇不是随意选择的。一个主人，统治臣民的人，而人们已经估计到如果他要给自己下定义，他会巧妙地断言他“既不是一个娘们，也不是一个娘娘腔”。既然这位神秘莫测的拉封丹喜欢以他的动物替身为媒介自我表述，我们就毫不犹豫地认为这些相当简明的政见，这些本质上对流亡者不利的政见出自他本人。人们不打算触碰他的大门。遗憾，他赢了。这让人害怕。

值得看

咱们统一认识。这与持怀疑态度的“要看看”无关，与怀疑别人反对自己的理由正确的人说的“等着瞧”无关。

不，这是具有旅游性质的一个“值得看”，回答人家出于礼貌提出的问题：

“那么，这次肯尼亚之行怎么样？”

没有过分的热情，然而有做客观评估的停顿和类似随和的牵就：

“值得看！”

先让我们为这种反应的机敏喝彩。凭借超脱，严谨，它把一提到种类丰富的肯尼亚动物就痴狂的人和永远不会有兴趣去近距离观赏的人都打发了。

然而这个“肯尼亚值得看”更悄悄地透露出一种人生观，也许是一种伦理。有一张单子，若干要看和要做的事情。到了内罗毕，他没有听凭激情的冲动，没有实现一个梦想。他只是简单地用铅笔划掉了世界行程簿上在尼罗河巡航线和冰岛徒步远足线之间的肯尼亚狩猎远征线。没有发现者的疯狂，但有给予地球奇观的最起码的礼貌。

回来后说值得看的人寻求什么？气氛、气味、颜色、一种不同的生活方式？所有这些，毫无疑问。但是与看到的和感受到的狂喜相比，也许更多的是寻求已经看到过、已经感受过的精神上的满足。他不是冒充高雅的人。他不会提您不会去的巴塔哥尼亚高原①这类的趣闻。他甚至也不会驳斥您说的“威尼斯，是一月！”这种还将盛行几年的得体的话。

他正派且认真，无疑高兴于曾亲历名单上一定要访问的一个地方。更高兴的是他有一份名单。行程结束后，他不会忘得一干二净。然而足以既不狂喜也不遗憾地确认：人生，值得看。

---

① 位于南美洲东南部，在智利和阿根廷境内，平均海拔900米左右。

我弹过五年钢琴

哦，悄无声息的钢琴们的伤感！伤感在空间上，更在精神上占有一席之地。“我弹过五年钢琴”，话里几乎总带着顺从。“我试着重新捡起来，可是难啊。手指的柔韧性……另外，为谁弹啊？”

如果是展现《献给爱丽丝》的轻拂的，然而压根就没有掌握的细腻，这倒是真的……重弹这首巴赫的前奏曲，仍是老样子，或《月光奏鸣曲》的缓慢的速度，多了些自我满足。然而又怎么样呢？更糟糕地从中唤起昔日的力不从心。从效果好的几首经典的保留节目后面，升起一种挥之不去的伤感——想到过去没能激起这种伤感。

我弹过五年钢琴。哦，那时没想成为一名艺术家！那需要多得多的时间，几乎让人恐惧的艰苦。五年钢琴，可说是令人讨厌的五年的课程，因为平日里没有努力练琴。“你弹琴了吗？”一句俗语让人想到父母为此付出金钱。尤其让人想到他们希望看到发生什么，也许是周日下午，当客人们在炫耀的令人恐怖的半沉寂中搅拌着自己的咖啡的时候。

当然，人们有时听到“我弹过五年吉他，踢过五年足球，或者练过五年体操”。然而最常听到的是“我弹过五年钢琴”。

犹如在这七个字里沉睡着人们过去未能得到，或者诱发的感动的全部秘密。犹如一种能力已经痛苦地重新封闭，一道未知的门丢失了的钥匙。我试了试，然而，拯救灵魂的岁月艰难。

漂亮的女帽

在解说体育赛事的且不再使用的语句中，我又找到了普鲁斯特的小蛋糕。“范萨姆[①]在找一个摆脱了对方紧盯的搭档，通过……找到了……”这，是六十年代初，周日下午，带有猫眼的电子管收音机。不久后，有了电视机，马里奥·伯纳[②]赐予我们“尽管有纯柏拉图式的优势……”借代语也发生了变化。人们依然说弗凯亚人[③]、外星人。然而谁还敢提外基耶夫兰[④]的运动员？后来，民间的表达方式越来越多，从奥迪亚尔[⑤]的弟子们到伪民间派，“他没白跑一趟”这类的话。这恍如昨日，却已蒙灰。

---

① 范萨姆（1935— ），法国著名的足球运动员。

② 电台节目主持人。

③ 即马赛人。

④ 比利时瓦龙地区的一个地名。

⑤ 奥迪亚尔（1920—1985），法国电影编剧、导演。他的电影对白是六十年代粗俗语言的代表。

最让我体会到时代变迁的不是最早的回忆。是“漂亮的女帽”。“漂亮的女帽”，直到21世纪初，是罗兰-加洛斯的米歇尔·德莱的专利。在换边期间，摄像机搜索包厢和观众席，逗留在最迷人的女性面孔上。绝没有足球迷的那种癫狂，当足球迷看到自己出现在体育场监视器的屏幕上，用拳头捅同伴：“是我们，是我们。我们上电视啦！”

没有。年轻女子片刻间假装没有觉察镜头的盯拍。当这种盯拍变得太过明显时则微笑，如果称赞她的美貌是司空见惯的事，微笑似有似无；如果是一种相对的惊喜，微笑则更直率。

些微的停顿并不都插播广告。米歇尔·德莱有时间暂停和让-保罗·洛特一起作的解说。他开始谈高温天气，顺便提提经常围坐在中心球场边上的让-保罗·贝尔蒙多①及家人、帕特里克·布吕艾尔②及家人、皮埃尔·里夏尔③及家人的名字来向他们致意。然而我认为他至高无上的喜悦在于能够为一个女性的

---

① 让-保罗·贝尔蒙多（1933— ），法国电影演员。

② 帕特里克·布吕艾尔（1959— ），法国歌手、演员。

③ 皮埃尔·里夏尔（1934— ），法国演员、导演、编剧。

形象戴上令人尊敬的和天鹅绒般的一顶“漂亮的女帽”。人们沉浸在当时已经有些过时，然而与网球世界一同多多少少地要弄的向女人献殷勤中。端庄的民众出席盛会，然而他远距离地给予赞美。美丽的女帽。

要不然，我可以开车送您

有些慷慨，表达得太迟、太暧昧，预先觉得理当不被指望而被免除了，以至于一下子就像迫于礼貌不得已而为之。因此，这个人刚才细数了将主宰一天早晨出行的所有问题，担心法国国营铁路公司的罢工，不得不依赖最精确安排的换乘，各种各样的困难：我本来可以向母亲借车，可是恰恰那天……

桌子周围，一些建议被提出来，又一个个被否定。唯有一个食友尚未开口。这个沉默的唯一结尾终于引出一个萎靡的、以限制得不能再限制的一种形式，缺乏信心几乎到了滑稽的地步的建议："要不然，我可以开车送你。"

哦！这个"要不然"！人们有很多种态度诠释它。它能够包含厌烦："听着，可别在这上面花三个小时，我对你直言这妨碍了我，然而更让我烦的是整个晚上的谈话都围着如此微不足道的一个问题绕来绕去。"

然而也能让人从中感觉到一种相当满意的实用主义："我也许看起来不像是最仁慈的人，然而却能够带来解决问题的办法，不炫耀，不招摇。"

同时，这个"要不然"透露出比它的表达方式更严厉的一种道德的内涵："如果真的相当冒失地在这方面依赖别人，要知道别人可以既满足您，又向您表明您的行为是最强制性的。"

您可别上当。依赖"要不然"是很让人看不起的。

大家不常看见您啊！

哦！在一场演出后，在一次签名活动中，女歌手刚听到高声说出这句话时的苦笑！这是应付盛情，它总是比碰到恶意更复杂。然而这时的和气令人生畏。它大有在伤口上撒盐的能耐，以至于艺术家很难不用话岔开：

“还是对电视节目制片人去说吧！我本人，您知道……”

然而这不是该说的话，且这句话令她不安。女歌手明白。她将让这位铁杆粉丝失望——人家买了您的所有唱片，在家里，人家循环往复地播放……

艺术家只是正在泄露，她的谨慎根本不是有意的，谨慎不是自愿的，而是不得已。瞬间，她那执意超凡脱俗的才女形象破裂了。她最忠实的粉丝曾把她的低调当做一种独特的作品的精华，他们善于追寻其蛛丝马迹来推崇作品。知道她的演出消息要有才能——与女歌手在台上充分施展的才能一样的才能，圈内人的才能。这句“大家不常看见您啊！”是一种微妙的恭维，一种假意的指责。艺术家倾泻抑制不住的愤怒的回答，让这次罕见的会面被神圣化的不确定性重新成为问题。

然而失望是双方面的。有类似崇拜者的看守，有一群傻到认为您逃避人家提供的黄金时段节目的观众并不惬意。尤其不惬意的是：想到您的被假定高雅的观众相信一切都好，认为庸俗的巨星们充斥货架的明显位置几乎是对巨星们的一种诅咒，而您选择了只占据必须半蹲着找您的目录盒的最里边，这已经是最好的情况，甚至求助售货员：

“是的，我有过，可是现在没有了。劳驾，我可以订购。”

对于这位女观众，您的隐没是不可想象的。您只是有些卖俏，尤其是过于苛求。您不能认定她错了，可是您讨厌她的爱，这么幼稚地信任体制。是她，是另一个人，一直以她自己的分析为荣，笨拙地做您的同谋。天晚了。签名活动有点让人丢脸。这位令人尴尬的歌迷，您太经常地看到她。

那儿，不会是个车位吧？[1]

作为乘客坐在车上。大家围着这个街区绕了三圈。没有提前出发，然而迟到快到了有些失礼的地步。

——给他们打电话，说我们停车遇到了大麻烦！

司机的烦躁显露无遗：

——我把你们放下，我去圣绪尔比斯修道院停车场。

——你疯啦！你要走半个小时，而且大雨倾盆！不，咱们再找。

人们找。人们意识到建议要非常圆滑才不致彻底激怒司机。刚才那会儿，他作为一个找车位的人开得太快了些。人们为此说出总是出现在这种情况下的这句话吗？“那儿，不会是个车位吧？”

---

① 感谢万桑。——原注

这个未完成过去式[①]真漂亮！如何能让动词的一种时态满含这么矛盾的内涵？首先是一个怯懦的形式，不会让掌握方向盘的师傅，命运的驾驭者，正面地承认他只不过是忽视了一个独一无二的机会。二来是参与的努力。当然我们将听任自己受宠，坐在车上，然而表现出一点主动性还是得体的。还有一种狡诈的谨慎。如果恍惚见到的一个车位显示出太小，如果倒车入位的危险重重的努力最终显得是无益的，才有理由认为这个车位是一个已经报废了的可能性。无论如何，情况就是这样，既然对反光镜的一瞥已经向您指明他听了您的话。

尽管未完成过去式的“不会是”包含着种种小心，这个建议总是不凑巧，因为您只能以一种郑重的口吻说它，以便不要火上浇油。在战斗的紧要关头，您佯装的冷静仍将变成一种冒犯，因为这种冷静将与司机上升的冲动形成对照，而由他听起来就像是指责。不愿意发作说出让自己丢面子的“你不能早点说吗？”，

---

① 法语的未完成过去式可以表示委婉。用过去时态说出的话给人一种不真实的感觉，似乎话刚一说出口就马上收回了。

他宁可瞥上一眼，嘟囔着：“不，不，那是个门洞。”

为了平息风暴，最好是逃进双方认可的普遍性，甚至超越机动车的背景。我真不知道他们怎么搞的。在巴黎生活变得不可能了。

我喜欢勒阿弗尔胜于鲁昂

喜欢特鲁维尔胜于多维尔[①]，您处在微弱的共识中。大家认可您含蓄地赞同胜于奢华的简朴。然而选择鲁昂[②]对抗勒阿弗尔[③]，您有了大得多的风险。不得不承认：您输了。人们将用有所保留的言辞迁就您：鲁昂是一座非常漂亮，甚至非常美丽的城市。形容词“漂亮”和“美丽”顿时将被赋予严格的内涵。“漂亮”意为“小巧玲珑”，而“美丽”意为“精雕细琢”。

因为选择勒阿弗尔属于对事物的一种显然更概念化、更具有现代思想的看法。经过战后重建，这座城市的风貌在很长一段时间内，与灌入街角无生气的宽

---

① 请参见作者的另一篇文章《我喜欢特鲁维尔胜于多维尔》。

② 海滨塞纳省省会城市。

③ 法国北部诺曼底地区的城市。在诺曼底战役期间，这座城市受到严重破坏。战后，市中心由奥古斯特·佩雷主持重建，采用了现代风格。2005年，战后重建的勒阿弗尔城被联合国教科文组织列入世界文化遗产。

阔街道的狂风一起，常常被称作苏维埃式的。这种美学的评价中隐含的一种政治思想不言而喻。缔造者的名声在外，来访的文化人表现出不容置疑的增长，可是几乎所有人都一致认为勒阿弗尔很丑，反正不会去那儿度假。

然而奇迹出现了：六十年后，混凝土变得时髦。让·努韦尔①继承了奥古斯特·佩雷②的有些凉了的衣钵，前者的才能与这种彻底转变并非无关，然而不要混淆因果。

获胜的是混凝土。是的，混凝土现在是美的，更是对的。它赢得了这类理性的胜利，理性的胜利在反常的滞后的实现中找到了力量。不要寻求相对化这种致密的灰色物体在精神上的优势。您没有搞错。您将碰壁。

---

① 让·努韦尔（1945— ），法国著名建筑师。他设计了勒阿弗尔的水上乐园。

② 奥古斯特·佩雷（1874—1954），法国建筑师，发展钢筋混凝土结构的先驱，曾任勒阿佛尔战后重建工程总建筑师。

也许这样更好

如果智慧赞赏顺从，那是因为生活不如意。当然，可能听到“也许这样更好”的情况是多种多样的。然而爱情的破裂，在数量上和强度上占优势。总有一个主动离开的人，一个被动离开的人，任何话对此都无能为力，尤其是这句话，它希望依靠麻醉的效果弥合裂痕。然而这是不可能的。这些词语的乐音本身带有悲伤的、令人心碎的基调。说这句话的人是被动离开他或她的，带着一种貌似主意已定的神情，头可怜地微微扬起，目光越过男（女）友的肩头——什么都不要说了。

最糟糕的是，被抛弃的人总是有理。唯有这个“也许”是多余的。这个“也许”多漂亮啊！它包含了让没有完全消除的所有幻想更鲜明，让可预见的隔阂的根源更明显的那些共同生活的美好时光，那些人们认为共享的梦想。让人痛苦的是这个“也许”。在近乎客观的判断的核心——是的，这样更好——人们以这个“也许”，把希望的痛苦的刀刺向自己，刀口将不会愈合。

然而“更好”也同样有力。人们所说的“更好”是最低程度的好，回到对自己的生活的严格评估。一定要满足于顺从，看淡生活、欢乐、痛苦，不再相信不适合自己的东西。显然有背后的什么人，对我们说他不再渴望我们的生活的什么人。是仍然向往另一个人的生活，还是您不再是他向往的一种生活更让人痛苦？

凭借这句话，人们回归自我，回归勉强控制的更渺小的自我。爱情曾经是完全不同的，它不是“也许”或者“更好”的问题。它就是这个样子。

这很棒

通常，这涉及一部电影，最泛滥的一部大制作，得益于增加特许经营权，降格为儿童读物、体恤衫，甚至自助摄影间里的模板进行的推销活动。在电视里闪现的特效那令人恶心的审美观，招贴的刺目的色彩让人咬牙切齿。然而这也可能关乎一本书，书商精心策划的一次盛事，警察对神秘的奥义传授的调查，封面上带立体效果的金色哥特字体的书名。

面对与这些令人目眩的产品有关的信息流，您原以为在这个朋友间的晚会上，表现出你觉得是最起码的一种恼怒并无大碍。谈话的四平八稳显得一如既往：在形形色色的赞同中有一个居主导地位的赞同，尤其是赞同女主人的观点，既尊重她对莫迪亚诺①的最新作品的崇拜，也尊重她对橄榄蛋糕的热情；在若干难

---

① 莫迪亚诺（1945— ），法国作家，主要作品有《星形广场》、《暗店街》等。

以捉摸的争执中也有一个居主导地位的争执，它防备每个人的难以捉摸。

大家不大想打破共识，边吃布里干酪，边抨击通过传播的所有渠道推广的这道好莱坞式烂炖的无所不在。大家本应该当心的。在普遍的赞同的嘟囔之后是一段近乎沉默的时间，而这句话出口了：

“这很棒！”

这很棒。您首先把它转换为：我本人至少读过、看过，我是在了解情况的基础上说的。然而在“这很棒”中还有很多意思。我不狭隘，没有成见。面对我们社会中的这些重大现象，我没有谨小慎微的精英主义的退缩。我属于这个世界。当然，我不会对你们说看这件工业制成品让我达到了艺术圆满的涅槃状态，然而我实事求是地对待它，给它恰如其分的评价。即使铺天盖地的广告让你们觉得过分，这也不妨碍我践行摆脱了偶然性的客观性。我的论证法是不得不考虑的，与这道胡椒胡萝卜一样值得品味。我在你们的眼睛深处看到你们全都为过于简单化地拒绝打扰你们的一个事实而遗憾。卫道士们——卫道士和准卫道士——你们自作自受。

哦，他啊，什么都不操心！

奇怪，一些妻子用这种夹杂着满足感的自负的辛酸宣布对丈夫的看法：“哦，他啊，什么都不操心！”怎么能这么肯定不易表露感情的，有时是更有城府的另一个人内心的缺失呢？整个的共同生活在这方面不会说明不了什么。这个总结里显然有责备。先生活得像个大孩子，为足球比赛激动，徒劳无益地打扮他的汽车玩具，而我承受着焦虑、不悦、精神困扰、对明天的恐惧。当我竭尽全力辨识风向的时候，他却任自己随风飘荡。

心态的这种分配似乎来自另一个时代，男人带回薪水，任凭女人应付其余一切的时代。然而这句话在这种结构消失后依然存在。原因肯定部分地与男性的晚熟有关，然而显然也与女性爱操心的这种令人痛苦的天赋有关。

约翰·韦恩[1]那样的让人快慰的保护人形象肯定落伍了，然而忍受神经兮兮的伍迪·艾伦式的泽布伦[2]也不容易。当缺乏伴侣身上那种简明扼要的口才和那种不得不考虑的一意孤行的坚实后援时，许多妻子假意不满大男子主义的漠不关心，这种漠不关心事实上增加了妻子们的同情心和专长的价值，且为了给自己增加分量有必要夸大一点。“哦，他啊，什么都不操心！”

在任何年龄，有个毛绒大胖熊都是惬意的事情。

---

① 约翰·韦恩（1907—1979），美国演员、导演、制片人。以扮演硬汉闻名。

② 泽布伦，法国连续剧《神奇的旋转木马》中踩着弹簧的虚构人物，意为片刻都待不住的人。

播得太晚了

客气地反对是徒劳的，现在您可以录下来，可以在您合适的时间播放DVD。然而这句赌气的、坚定的话又来了：播得太晚了。什么播得太晚了？例如，更有文化的、更有意思的节目。电视台安排的播出时间表不合适。可是，他们依然是顺从的奴隶，边指责——只有恐怖的内容——边忍受着晚八点的新闻，还有自卖自夸的有镇定作用的那不勒斯三层冰激凌、壮阳的咖啡，或者跑在沙漠上的汽车的广告，为了继续做俘虏而声称马上就要播巧妙推迟了的天气预报。接下来的节目也不会不比平时的更让他们满意。他们将一边低声咒骂，一边抛下小屏幕，恰恰在节目变得还可以看看的时候去睡觉。

他们不是伪君子。然而他们喜欢和别人同时看。在这种共享当前的感受中有一种形而上学的慰藉。至关重要的是一起活着。不温不火的电视具有把它的囚徒变成在彰显的不满中聚在一起的当代人的能力，然而，聚在一起，这才重要。当然，这是在隐藏了暗暗的满足的坏心情下单独品味的一种潜在的聚会。这种雄辩术甚至抵制提供不同节目的新频道的参与——可是您真的收看数字电视吗？

没办法。他们赋予文化原则上的优先权，然而大多数人是最强大的，唯一让人安心的事情。完全不合逻辑，他们表明，他们寻求他们逃避的东西。

您等老半天啦?

这是个虚假的提问。"老半天"似乎是疑问所在。可是，犯错的是让您等了近二十分钟的这个人。他并不力图掩盖这个起因，却力图让您这位受害者心存负罪感。显然，您那顺从的态度让他不快。他的语调暗示您的不耐烦有可能夸大。您毕竟不会告诉我您等了很长时间！这正是这种虚伪的懊悔所暗示的。他因为不能降低宽容度，故以怀疑您的准时无耻地脱身。当然，您比我先到，然而我了解生活。这并不意味着您正点到达。现在，如果您愚蠢地提前到达，那是因为您根本不懂正常的礼仪。您知道让他人感到罪恶感是粗鲁的行为吗？

哦，正常的礼仪！这种正常的礼仪就是当稍稍迟到时佯装备受良心谴责地说"我真的很抱歉"，也是当迟到超过一刻钟时采取的更任性的手段。

强行突破是双重的适得其反。对于一种蛮不讲理的苗头，您不能以牙还牙又不落入双方都不希望见到的敌对关系中。于是您会不计较佯装的提问，否认地摇摇头，在非常愤怒的情况下，甚至宽恕地撇撇嘴。如果迟到者属于恶人，他甚至有可能冒险地甩出一句傲慢的“您不是有我的手机号吗？”，对此您还不能冒着在雷区开战的风险，用“我觉得应该您给我打电话！”回应。这是通过宣布进攻来打掉被冒犯者的勇气。

传边，天啊！

我更喜欢村里的足球赛。观众有充裕的时间在此各显神通。与王子体育场的观众相反——王子体育场的观众仅限于在宣布球队成员时，有点粗鲁地估量巴黎圣日耳曼队的对手的性习惯——我们村里的观众，围着扶手，用各式各样的见解点缀比赛。然而我们不是圣徒。当一个本地人喊：“是的，犯规啦，裁判先生！”人们可能认为他的礼貌有些过分。无疑这里显示出些许嘲讽，然而也显示出看到黑衣人转过身，并火气冲天地接上话茬的风险。

最有趣的时刻经常与支招有关。一定要善于选择时机。例如，下半场被人抓住弱点，不吭声的情绪低落的阶段，当客队比分领先，且主队的表现没有激起抑制不住的热情时。汽车修理师的妻子的“加油，小伙子们！”此时太不明确，太过一般，从而不能切实扭转事态。然而我建议“传边，天啊！”几乎总能收到感觉得到的同意，甚至赞同的低语。是的，统治比赛的陷入束手无策的感觉，执拗于中路的感觉，一下子得到诊断和药方。“传边，天啊！”的原创人是个上了些岁数的人，镇上的人了解他过去的球员生涯。因为，我们不否认，这条指令具有可说是厚古的性质，与依靠真正的飞毛腿边锋、中锋射门的时代有关。然而没有关系。“传边，天啊！”今天依然有用。他们认为自己技不如人，然而并非如此。很简单，他们没有充分利用这块看似远离球门的场地，然而这里可以策动虚张声势的前锋突破和摆脱对手的希望。也许这里顺便给教练上了一堂小课，然而现在不是挑剔的时候。别再放不开啦。空间、灵感，让我们扬起大帆。传边，天啊，传边！

那么今晚呢？

“哦！不行，下周三，我开研讨会。那么，下下周三呢？”

“下下周三，我不行。我得给我姐姐看孩子。”

必须得约好。安排时间越来越复杂，哪怕看似过着最自由、最简单的生活。这仅仅是社会，或者针对存在的一种风险给予的令人放心的应对，强加的步骤吗？不管怎样，结果就摆在那儿：日子越来越纠结，这种纠结可以从泛滥成灾的工作带来的不可避免的巨大压力，一直到小孩子的空手道课或钢琴课的束缚，一直到高龄老人的系谱学俱乐部或者水中体操俱乐部的束缚。出其不意的拜访越来越难，因为陷入窘境或者吃闭门羹的风险很大。简单的一个电话已经不得不伴随一句“我没有打扰您吧？”，有时到了肯定打扰了的“我打扰您了！”的地步。

那么，面对所有要干的事，所有预料之内的事，所有列入日程的这些事项的错综复杂的全景，当事人之一，如同一种孤注一掷的失礼，然而也带着已经获胜的一点冲动最终说出：

“那么今晚呢？”

今晚？被这记掏心窝的直拳击中，另一个人重复着“今晚”这两个字，让它们在空中萦绕。一个近乎心血来潮的提议的这种放肆的概念应该首先进入了失重的、语义湮灭的阶段。然而微笑很快浮上嘴角。今晚？是啊，无论如何，为什么不呢？真是不可思议啊，我没事，你也没事。我们之前怎么就没想到呢？

就这样人们高兴地回归过去的生活方式，那时，人们可以出其不意地会面，不用事先安排。时间终于放我们一马。今晚，我们至少可以。

当心，盘子很烫！

在提供服务者和接受服务者的世界里，这是一句有分量的话。在餐厅就位，人们给予侍者特别的关注，他无需中断讨论，一边给你们递上菜单，一边对你们透露：“今天，我们建议大家点一锅扇贝和配套的牛肝菌煨饭。甜品有……”如同熟读的一篇课文。

在桌子周围，一位就餐者以微微点头和表示“值得考虑”的扬扬眉毛强调他有礼貌的倾听，其他人则通过埋头看菜谱，外加讨好、虚伪的谢谢回避。

然而紧随这个一本正经的仪式之后，将是由品尝一小杯室温的布格伊红葡萄酒活化的一场滔滔不绝的谈话。服务员对此听之任之，以食客完全不了解的一种英勇的守口如瓶精简他的介入。

他已经知道端上主菜时将重启对话。“当心，盘子很烫！”这个看似客观的通告富有多种涵义。首先，不露声色，侍者知道他将改变宾客的姿势。他们半个小时以来都上身前倾，抓机会把一个意见或者一段趣闻抛进大厅泛起的嘈杂中。这句“当心，盘子很烫！”至少迫使他们上身后撤，甚至沉默片刻。这句话可以用一种麻利的命令口气大声说出来，然而更常见的是用一种体贴的，几乎油腻的口气。这句话远胜于“提醒你们我是存在的！”，却依然有这种意思。它还不超出美食的范围。在这里，我们不是什么都做，如果盘子很烫，那是因为端上来的菜需要我们精心备至，且如果你们不是彻头彻尾的粗人，你们就该搁置你们那些预料中的和几乎是无意识的活泼，以便集中一些心思在你们点的菜品上。

稍后，“您要咖啡吗？”是无关紧要的，是尾声。然而提供服务的人—接受服务的人的话外音那隐秘的戏剧创作才华将在胜利地服从这个戴着面具的命令中达到巅峰。

他们说过了

您冒险成为负面人物，冒险低声抱怨这场冰冷刺骨的雨。以这样一个话题，您没想引起对立，只想得到一个应景的赞同，一种稍稍延长礼节性的“您好！好吗？”的方式。您自以为处在怠惰的分享中。然后您立即懊悔这样开始的谈论天气的形式。您的对话者嗅到缝隙，并要封住您那仅仅出于礼貌而张开的嘴。

他的姿势已经表明拉开距离，后退。当他抛出“他们说过了！”这句躲不开的话顶撞您的时候，脸上显出最不偏不倚的客观态度。您期待“是啊，我们开始腻味了！”；您可能担心听到“及时雨！”，里面的道德意味谴责您不关心农民，或者更宏大，不关心含水层的命运。然而这句“他们说过了！”无论如何让您感到突然。

他们说过了，您不该抱怨，这是预料中的事。奇怪的百依百顺的人生观，它还独树一帜。如果人家通知您说您失业了，您没有任何理由反抗，既然他们说过了。

这个“他们”属于一种惬意的含糊。对方没有用“他们”指代负责通报坏天气的多名记者，甚至没有指代国家气象局的整体，然而，您清晰地意识到这个“他们”，一种更难以捉摸的权利，一种胜过您的，批评也完全是徒劳的力量。

他们说过了。我比您超前，我明智地做好了一贯的思想准备。为这么点小事着急的人最好是多加注意，而不是抱怨忘记带雨伞。

人们远离了天气。“他们说过了”是政治。顺从的优越感也能用在延迟退休、职业性流放到发展中国家，也许，接受死亡？在最好的社会里万事如意。他们说过了。

我要重读普鲁斯特

想念定义一部伟大的作品。以这种似是而非的特征衡量，马塞尔是最伟大的。一天，偶然看了普鲁斯特的读者表达自我的一档电视节目，并观察到，尽管有成见，《追忆》迷来自最多样化的社会职业阶层，这的确很有意思。然而最有意思之处在于这个节目的主题——普鲁斯特的读者。针对另一位作家的，无论名气大小，同样的节目都是不可想象的。

阅读普鲁斯特是一个概念。对于急于证明实践这个活动的人们来说，普鲁斯特的作品就像是他们经常前往的另一个家；就像逃避令人失望的现实生活的一个保护壳。对于那些没有沉浸其中，却拥有一种非常真切的直觉的人更是如此。也许首先，或最终，研究的有关小蛋糕那个片段的记忆的结晶起了作用。然而除了记忆的液态深渊里的这个碎屑之外，还存在着源于普鲁斯特的作品的一种近乎魔幻的意识，鉴于作品假定的难度，稍稍有点令人惶恐，然而因为预先就熟悉作品，有可能提供一个有无限活力的社交圈。

为什么不钻研作品？一些人——极少数的人——承认他们从来没有试过。他们辩解说要把这个必需的会面推迟到摆脱了缺乏诗意的烦扰的一个未来：不，真的，我非常想，然而我在等心闲下来的时候。简言之，他们是优于现在阅读作品的人的潜在读者。

然而《追忆》的大部分潜在访问者对这座城堡高度评价，把作品视为提到阅读就不敢公开说他们没有阅读的地步。他们于是相当羞涩地说：我将重读普鲁斯特。他们只说了半句谎话，而这正是奥斯曼大道的这位哮喘病人的完胜：不想念他是说不出口的羞耻。

披上你的斗篷！

六个字这样脱口而出，以至于人们认为是预先录制好的。也许是因为如同滚下楼梯般在嘴里滑动的这个爽滑的“斗篷”的一泻而出。这不仅是朗朗上口的事。“披上你的斗篷”无疑是对孩子说的。然而简直就像成年人在自言自语，犹如他要以此避免监护不到位的批评。我明白我对孩子负有责任，既然我没有忘记让他披斗篷。说这句话，没有客气，有时甚至很粗暴。你还没到想着关心自己的年龄。然而你至少四岁了，既然你能自己披上斗篷。人们几乎听到：“你应该自己想到这件事，吩咐你披上斗篷并不愉快！”为什么呢？因为成年人也曾经是孩子，他们也很清楚这种行为并不是令人愉快的事情。这东西束缚脑袋，这东西弄得人痒痒，人家感觉披上一件儿童的、无特色的、笨重的制服，这东西遮住了头发。长大一点这变成耻辱。披着斗篷怎么谈恋爱？且七八岁的时候谈恋爱是很常见的事情！

披上你的斗篷！这里有点护理人员的恼怒。你还得患感冒！如果我不在这儿，谁照顾你的健康？课间休息时，你披上斗篷了吗？我打赌你没披：证据是，你没有这种条件反射。总得让人提醒。

但是，尽管有多多少少抑制住的这些小抱怨，“披上你的斗篷”也是一句高兴的话。我和你一起走。你正处在我今后将称之为人生好时光的年龄，我很了解这个好时光，孩子们追着我们的步子蹒跚行走的时光。我们在一起，我们不怕未来。如果游戏规则需要我粗暴地对待你，我不会太后悔的。这是为你好。这是为我好。去吧，披上你的斗篷。

不必都喝了！[①]

最终，一瓶，没有任何夸大的必要，只有0.75升！以0.375升的一半，人们已经推测了一次被迫的仪式的整个的精打细算：第一道菜配半杯酒；主菜配因为均分的意愿而斤斤计较的份额。每次，这杯免费的酒正好在喝咖啡之前一滴不剩。另外人们相信感觉到了瓶子的体量迫使人接受的约束性举止。刚刚好一瓶：润喉的玩意儿，它的迷你限制了餐桌的尺寸。

“不必都喝了！”这句话往往当着服务员的面说。这是对服务员说的吗？服务员的无动于衷一直很暧昧。他可以随意把你们归入吝啬鬼或者酒鬼。在他的眼里你们有沦为第二种人的危险，然而他将一动不动。点了这瓶酒，人们感到利于放松双肩的一种宽敞。整个饭局开始变得轻松、舒适。拿着酒瓶，人们购买了时

---

① 感谢玛丽·L。——原注

间和空间，与不同的另一个人的关系，不管是不是刚刚开始接近。

当然不必都喝了。然而，开胃的开端有作用，它即将迎接一段贪吃的沉默的场面，哪怕这种可能性——我们有足够的时间谈各种事情。事情有进展了，然而大家没有觉察。当人们斗胆瞥了一眼酒瓶，并一时想着半瓶酒应该足够了的时候，当日的特色菜已经被吞下。就在这时人们过分好客地斟满酒杯。脸红也认了，到外面走几步醒醒这微醺、这非常有亲和力的昏昏沉沉，总之并非完全没道理，既然还剩一点，假装内疚的一点儿酒底子。真应该喝光了。

您不喜欢手风琴吗？

不是女友。她有可能成为女友，然而您正在开始接近，突然，在喝开胃酒和入席之间的一个警句，看似轻描淡写的一句插话，刚刚告诉您它是致命的：您走不远。您刚才提到威尼斯之行，说在弗洛里安咖啡馆[①]前和夏夜的其他著名咖啡馆前演奏的音乐索然无味。您原以为明摆着处在共同的地盘上，强调了演奏庸俗音乐的乐队阵容混杂的特点：小提琴、钢琴、笛子……还有手风琴。是的，手风琴一词想必被当做一种失范从语调上给予了强调。而您那位尚在培养中的女友抓住了机会：

"您不喜欢手风琴吗？"

万事俱备，就差一个问题了。不过在她的眼神里有一种强烈的询问，甚至还有吃惊的，近乎愤怒的表

① 1720年由意大利人弗朗切斯科尼·弗洛里亚诺创建的一家世界著名的咖啡馆。

情。其实，她不想喜欢您，您对此并不知情。她希望通过提示而不明示她自己美学偏好的优势，在这种有时引发什么事情，而大部分时间没有结果的新布尔乔亚的戏谑中找到可以蔑视您的不足。接下来的晚餐，精心烹制菜肴，借喝波尔多酒假装提升的亲和力还有什么用？她刚刚扼杀了全部。

“您不喜欢手风琴吗？”

所有无言的字母想说的是：可怜的乡巴佬，你还停留在手风琴乐队和手风琴小调的陈腐印象里，停留在电视里演奏者为抵偿乐器的重量的傻笑上。你根本不知道手风琴的新潮，它要在忧伤和性感的深处挖掘闪亮心灵的真正的悲剧性。另外，手风琴变幻无穷，深奥微妙的爵士、出类拔萃的经典、最现代的舞曲那最洞察入微的表达。我原来就期望你落伍，而你在主菜上来之前就给了我机会。你自以为蔑视圣马可广场是聪明之举……我陪我丈夫来的，他因为某些理由期望你招人喜欢。然而我本人……

以这类提问开始的晚会还有什么必要坚持到底呢？

我去芒泰克家

人们不说“我去猪肉铺”，而说“我去芒泰克家”。芒泰克，更多是指猪肉铺，而不是老板娘——芒泰克夫人。她的白色工作服，她说女店员的方式：“这样拿刀，我的闺女！”她说“再见，嗯……先生”的方式。二十年来她都没有把这个“嗯……”换成“德莱姆”！大家很少见到芒泰克先生，他的面孔偶尔从肉铺深处的小窗户露出来。他的缺席让人放心。这是因为看不到他是好事，他在工作。

日子不知不觉地过着。人们去芒泰克家，人们对他们的名字全然不晓：这些名字是一个概念，不是一个称谓。后来在教堂广场上，芒泰克关张了。后来是福尔。后来是埃龙。后来是梅里厄。后来戈出售了。大家不说五金店、报刊亭、糕点铺、药铺，而说福尔、埃龙、梅里厄、戈。当人们开始说猪肉铺、糕点铺、报刊亭的时候，这些商号已经陷入了危机，人们当时对此并不知晓。现在，它们全都关张了，这是一个村子里的另一种生活方式。曾有一份城市规划。广场是全新的，萧条的商号前有漂亮的停车场。

当人们谈论昔日的乡村生活时，人们总是听到：“哦！是的，小学教师、本堂神父可是重要人物！”《小学教师守则》曾对小学教师阐明，他们应该全天候化身为他们的职业。一天，小学教师们做出决定，他们要成为一个人，而不仅是一种职业。他们不愿意再住在学校里。他们不再是一种职业。所有小学教师并未因此而成为一个人。本堂神父用他们的长袍换了一件上装，这件上装不再遮掩小肚子，然而却极好地遮盖了他们的灵修。

毕竟，村庄不仅是小学教师和本堂神父。村庄，是同意变成一种职业的一些人。埃龙报刊亭、梅里厄糕点铺、戈药铺。村庄，是人们去芒泰克家的时日。

确实是出于贪吃

巧克力吐司，女主人拿手的甜点，标志着卡路里有点高的一顿饭结束，席间，精心烹制的白汁小牛肉已经得到热烈的赞叹。然而这道吐司，如同年轻人中的一位宣称的“是要撑死人啊！”。岁数最大的一批人赞赏这种说法的热情，也没有放下他们内心深处的一种牵强的感觉。对于那些胆固醇指标高的人来说，这个说法中甚至有他们最好避开的一种无意的威胁。最贪吃的人已经同意再吃一块吐司——甚至一大口英式奶油——说着被快活收买了的“这下吃多了”，快活从形式上减轻了一丝自责，至少是假装的自责。

然而最鬼的客人，或者最严格遵守他们不大愿意破例的节食的客人，最终接受了尽可能小的一份，而这句含糊的话：“确实是出于贪吃！”总是伴随着糕点铲的限制性的微微移动。

贪吃。为了就区区一角吐司进行协商而使用这个罪孽深重的词还是有点特别。应该说这是机灵的。人们在禁止贪吃和减少贪吃的时刻追索贪吃。提到完全受到压制的一种无法抗拒的欲望保护了厨师的自尊心。一如既往，副词的成色不足。确实。当人家对您说“坦率地”、“确实”的时候一定要当心。追求谦逊和直率的必然性中隐藏了虚伪和谎言。“确实是出于贪吃”，仅仅出于礼貌。

去我家的只有我自己！

玩《地产大亨》游戏。儿童、少年，有时更大一点的人。总有这个非常缓慢的阶段，此时购买街道、火车站，拒绝排污公司，在抽取幸运卡的时候——“您赢得选美比赛的亚军”——感到恼火。此后，一切都加快了。仓促地交换土地，购买住宅、旅馆，银行家已经跟不上。布勒特伊街外加一家旅馆，十万五千！人们认为花高价购买绿地项目是一笔好买卖。然而整个一轮下来，没有人误入歧途。可是，命运的嘲弄，自己陷进去了！

“去我家的只有我自己！”一句苦涩的评语，如果只是《地产大亨》游戏，问题还不大。然而在说这句话的同时，他清楚地意识到话里同时表达了几分坏心情和不公正的真实感受。后来，不公正的感受在超市的收银台变得不容置疑，他推着购物车排在一位女顾客后面，这位女顾客买的咖啡没有被录入系统："让-雅克，请到五号收银台，让-雅克！"

在读"米老鼠"时，以幸运儿为荣的葛莱史东这个人物让我们觉得古怪。大家更多地在他的堂弟[①]——怒气冲冲的倒霉蛋唐老鸭——身上看到自己。葛莱史东身上最让人吃惊的，除了花花公子的有点可笑的小卷发之外，是他觉得拥有难以置信的好运。在生活中，人们只是与好运无缘的人。反复播放的有关中彩人的电视节目就是证明，在这些节目中，人们见到大富翁们吐露他们的孤独，有时吐露他们的抑郁。人们需要这些让自己安心。人们自忖不存在真正的运气。然而坏运气呢？别谈不幸，人们还算公道地在别人身上看到了不幸，无视可憎的"各有各的难处"。小麻烦更复杂。小麻烦不是某人的专有物。然而毕竟，人们自愿地把它归在自己的头上，既闹心又骄傲。在这方面没有什么理性可言。在一个人回家的同时，我真实地感受到我自己。

---

① 原文为"侄子"，疑此处有误。葛莱史东是唐老鸭的堂兄，而非叔叔。

咱们得让人家下车

公共汽车的中门一开，人行道上的这位妇女就以超常的、上尉冲锋时的劲头推起她的双婴儿车。带雨篷的车里有一对双胞胎，他们身边有一个小姑娘。小团体占地方，主妇[①]因政治正确而心安理得，摆出一副唯我独尊的样子。她有家室的拖累，她有勇气，有引导她的责任和权利，还不用说在她的所有动作中所表现出的适度的疲倦和令人尊敬的操劳。

然而毕竟，就在她把队伍推上阿柯勒桥[②]的同时，对他人的一丝清醒的认识闪现出来：她发现，她几乎完全阻碍了乘客下车。此时她有没有感到内疚地把车拉回来呢？我们不敢肯定。然而为了补偿她的冲劲有

① 该词亦含有“胖妇人”的贬义，且与罗马帝国时期高卢和日耳曼地区的“受崇拜的三母神”发音相同。

② 此处指他们在阿柯勒桥站上车，该桥以 1830 年 7 月革命中在此牺牲的一名年轻的起义者命名。

可能造成的不便，她想到这句令人吃惊的话："咱们得让人家下车！"

这八个字全都值得玩味。这个"咱们"似乎是给她的士兵下命令，然而三分之二的士兵已经处于完全衰竭的状态。"咱们得让人家下车"的宽宏大量，可以更贴切地被转换为"咱们不得不让人家过去"。"人家"也同样，她希望在自诩尊重人家的同时又没有特别客气的情况下对这个实体讲话。人家，只要稍稍观察一下就足以确认他们的苦难的无足轻重，以及他们想在骷髅地女子修道院①车站下车的不合时宜。人家很像马塞尔·埃梅②说的："人啊，多卑鄙的东西！"另外，在"咱们得让人家下车"的有礼貌的外表下面，不就是要让人听到一个隐藏的指令："这些人，他们无论如何得抓点儿紧！"

---

① Filles-du-Calvaire。

② 马塞尔·埃梅（1902—1967），法国作家，作品有《绿色母马》等。

现在，我也许用不上了

“你可以把这拿去。现在，我也许用不上了！”

这个说法能够用在很多可能出现的情况上。一位上了岁数的人说他的自行车。有点仓促地脱口说的话，好像要谨慎地隐藏一个更庄重、更秘密的信息。“你可以把车骑走”不如转换为“你把车骑走会让我高兴的”。然而这里也有过于沉重的指令。我希望你继承我的自行车。希望你当之无愧地使用，像我一贯的那样精心打扮它。经常伴随着假意贬损的话：“当然，这不是科技的最新成果。变速器在车架上，不在车把上。另外只是双速的。”然而我们已经感觉到贬损即将打住。“没关系，它一直好骑。两年前跑了三千公里！”

是啊，自行车，人家骑走它，还是不骑走它。也许有一个十分充分的理由拒绝：“我的公寓里没地方放，也没有储藏室。”然而人们尤其听到了：“现在，我也许用不上了。”这个“现在”扎心。就是这样。我曾喜欢这辆自行车，我还活着。然而，“现在”。我还是那个我也不再是那个我。我不该抱怨，我有过那么长的好时光。

现在的意识相当于一个总结，相当于呼唤过去微不足道的一切。这种意识希望尤其缓解无法抗拒的“我也许用不上了”。我曾留着我的自行车，我曾一直保养它以备不时之需。后来就这样了。有一个时刻，客观的态度因为力图泰然而让这句话更令人心痛。我用我以为不以为然的口气说了这句话，然而你在这句话中听出了我内心的想法。不用安慰我。当生活不再是生活的时候，剩余的一切就已经够美好的了。